Golden Cage

Schwerelos

AF139128

SARA RIVERS

GOLDEN CAGE

Copyright © 2018 by Sarah Stankewitz
Beethovenstraße 5
16909 Wittstock

Coverdesign: Sarah Buhr, www.covermanufaktur.de unter
Verwendung von Bildmaterial von shutterstock.com
Korrektorat und Lektorat: Sabine Wagner, KoLibri-
Lektorat

All rights reserved.
No part of this book may be reproduced in any form or by
any electronic or mechanical means, including information
storage and retrieval systems, without written permission
from
the author, except for the use of brief quotations in a book
review.

Herstellung und Verlag, BoD, Norderstedt
ISBN: 9783734750656

MIX
Papier aus verantwortungsvollen Quellen
Paper from responsible sources
FSC® C105338

Willkommen im Golden Cage.

.

LIANA

»Wie viel bekommen Sie?« Ich klemme mir meine Handtasche unter den Arm, öffne meinen Geldbeutel und werfe dem Fahrer im Spiegel einen Blick zu. »Sir? Wie viel bekommen Sie für die Fahrt?«

Seine haselnussbraunen Augen sehen mich weiter unverwandt an, und als ich von der Seite ein Grübchen auf seiner Wange entdecke, vergesse ich fast, wieso ich hier bin. Und dass ich unter keinen Umständen Zeit verlieren sollte, wenn ich nicht zu spät kommen will. Vor allem nicht für einen unsinnigen Flirt mit einem Taxifahrer! Ivory würde mir die Extensions herausreißen, wenn sie davon erfährt.

»Entschuldigung«, murmelt der Mann, tippt etwas ein und deutet dann auf die blinkende Zahl im Display, die ich zweimal ansehen muss. »Das macht dann achtundneunzig Dollar, Madame.«

»Achtundneunzig? Gott, haben Sie mich ans andere Ende des Landes gefahren oder bloß zum Flughafen?« Grummelnd zücke ich die Scheine, und als ich sie ihm

7

reichen will, hat er sich zu mir umgedreht. In diesem Licht sehen seine Augen heller aus als im Spiegel. Seine Haare sind fast schwarz, nur an den Spitzen wirken sie braun. Im Grunde genommen, ist dieser Mann vor mir der Inbegriff von Schönheit und alles, was ich sonst begehre.

»Sie haben es eilig, oder?« Unter allen anderen Umständen hätten mir die neugierigen Blicke des Fremden gefallen, aber die tickende Uhr in meinem Hinterkopf hält mich davon ab, meinen sicheren Kreis zu verlassen, also setze ich bloß mein nettestes Grinsen auf, mit dem ich ihn gleich abservieren werde, weil ich einfach keine Zeit für einen Flirt dieser Art habe.

»Habe ich. Und hören Sie …« Meine Augen wandern eine Etage herunter zu seinem Namensschild. »Daniel. Hören Sie, Daniel: Ich finde es wirklich schmeichelnd, dass ein gut aussehender Mann wie Sie Interesse daran zeigt, mehr Zeit als nötig mit mir zu verbringen, aber mein Flug geht gleich. Und wenn ich den nicht kriege, wird meine Freundin Ivory mich töten. Und wenn ich tot bin, gibt es nichts mehr, was Sie sabbernd anstarren können. Verstehen Sie, in welcher Zwickmühle wir uns befinden?«

Wild gestikuliere ich mit dem Portemonnaie in meiner Hand, während Daniel keine Miene bei meiner Ansprache verzieht. Etwas, das ihn in meinen Augen nur noch interessanter macht. Mist. Wieso lerne ich die interessanten Männer immer dann kennen, wenn ich keine Zeit für sie habe? Im Club begegne ich nur Kerlen, die außer Sex nichts im Kopf haben. Nur Männern, die mich für ihre Fantasien ausnutzen und für einen Moment ihre Frauen vergessen wollen.

»Dann sollten Sie sich beeilen, es wäre zu schade, wenn Sie meinetwegen unter der Erde landen müssten.« Er deutet auf die Tür, und wie von einem Tier getrieben, reiße ich sie auf, springe heraus und sehe ihn ein letztes Mal breit grinsend an.

»In fünf Tagen bin ich aus Kanada zurück. Und wenn ich vor lauter Langeweile in diesem Land der Bären und Killerwale nicht gestorben bin, können Sie mich gern hier abholen. Ich lande um fünfzehn Uhr an Terminal vier.« Ich lasse es mir nicht entgehen, ihm dabei zuzusehen, wie er über mein Angebot nachdenkt, knalle dann die Tür mit einem Schwung zu und renne auf meinen Absatzschuhen Richtung Abflughalle, nachdem ich mir auf eigene Faust meinen Koffer geschnappt habe.

Und ich kann nur hoffen, dass ich trotz meines Fauxpas, meinen Wecker für morgen früh anstatt heute gestellt zu haben, rechtzeitig in der Luft sein werde.

***

»Wohin fliegen Sie?« Die Mitarbeiterin der Airline wirft nicht einmal einen Blick auf mein Ticket, dabei stehen alle Infos auf dem zerknüllten Zettel vor ihrer gepuderten Nase! »Vancouver. Und ich weiß, dass ich spät dran bin, aber wenn Sie sich ein bisschen mehr beeilen würden, könnte ich es noch schaffen.«

Das erste Mal, seit ich hier am Schalter stehe, hebt sie den Blick und sieht mich aus verkniffenen grünblauen Augen an. Okay, vielleicht bin ich gerade nicht die angenehmste Kundin, aber wenn ich meinen Job genauso lahmarschig machen würde wie sie ihren, hätte ich schon vor Jahren meine Tasche packen und das *Silver Wings* verlassen können.

Bevor West auf die Idee kommen konnte, dasselbe zu tun und uns Frauen mit Fernandez allein zu lassen. Ich kralle mich an meinem Ausweis fest, weil mich allein der Gedanke daran fuchsteufelswild macht.

»Ihre Airline hat Verspätung, weil der Pilot noch einen Fehler auslesen muss. Wann der Flieger geht, müsste in Kürze auf den Anzeigetafeln stehen.« Wunderbar. Als hätte es nicht gereicht, dass ich schon die Hölle auf Erden vor Augen hatte, gibt es auch noch Probleme mit meiner Maschine? Es ist nicht so, dass ich Angst vorm Fliegen hätte. Nur eben Angst vorm Fliegen in einer kaputten Maschine!

»Danke.« Murmelnd nehme ich meine Papiere wieder an mich, und gerade, als ich mich umdrehe, um den Sicherheitscheck anzusteuern, pralle ich gegen eine Männerbrust. Wie ich innerhalb von einer Sekunde erkennen konnte, dass es sich um einen Mann handelt? Tja, da wären drei signalisierend leuchtende Anzeichen.

Erstens: Kaum eine Frau ist so groß, dass mein Kopf schon auf ihrer Brusthöhe endet. Zweitens: Der Aufprall war hart, keine Anzeichen von weichen oder gemachten Brüsten. Drittens: Die Brust steckt in einem schweineteuren Anzug.

Und als ich den Blick hebe, blinken mich Nummer vier und fünf an. Zwei kristallklare, graue Augen, die mich jetzt scannend anstarren. Der Mann sieht auf mich hinab, ohne irgendeine Regung in seinem Gesicht zu tragen.

Im Vergleich zu dem Kerl im Taxi scheint dieses Exemplar durch mich hindurchzusehen. Etwas, das mir – wie sollte es auch anders sein – ziemlich gegen den Strich geht.

Seine dunkelblonden Haare laden zum Hineingreifen ein, und alles in allem ist der Kerl das komplette Gegenteil von dem Typus Mann, den ich sonst bevorzuge. Wieso kann ich dann nicht aufhören, seine Haare anzustarren? Ich mag blonde Männer nicht einmal! Mein Beuteschema ist klar definiert: dunkles Haar, kontrastreiche, helle Augen. Und sie müssen Interesse an mir zeigen, damit ich Interesse an ihnen habe!

»Können Sie nicht aufpassen?«

Keine Antwort.

»Oder sich wenigstens entschuldigen?«

Wieder keine Antwort.

Noch immer bin ich dem Mann so nah, dass ich sein Aftershave riechen und seinen Atem auf meinen Schläfen spüren kann. »Gut. Dann gehen Sie wenigstens aus dem Weg!« Der Mann kämpft sich ein Lächeln ab und tritt dann mit einem eleganten Schritt beiseite. *Gott, lass Anstand regnen und dem Kerl ein paar Manieren bringen!*

Fluchend schiebe ich mich an dem Muskelberg vorbei, kann es mir aber nicht nehmen lassen, mich nach einigen Schritten noch einmal umzudrehen, um seine Rückansicht zu betrachten. Doch wenn ich dachte, dass er mir ebenfalls hinterhersehen würde, habe ich mich getäuscht, stattdessen geht er einfach unbeirrt von mir weg. Mit einem Hintern, der definitiv zu schade ist, um unter dem Stoff einer Hose verborgen zu liegen.

Es ist nicht so, dass ich grundsätzlich ein Problem mit Abfuhren habe, aber in meinem Job im *Silver Wings* habe ich immer bekommen, was ich wollte. Und damit meine ich das beste Trinkgeld für meine Dienste, das ich mir hätte vorstellen können.

Doch seit mein Boss meinte, alles über den Haufen werfen und mit meiner besten Freundin nach Kanada auswandern zu müssen, geht alles den Bach hinunter. Im Grunde genommen, hat sein Umzug ALLES verändert. Etwas, das ich ihm auf jeden Fall vor den Latz knallen werde, wenn ich in Vancouver gelandet und in seinen Wagen gestiegen bin. Vancouver … allein die Vorstellung daran bringt mich innerlich zum Schütteln. Mit einem allerletzten Blick auf den unhöflichen Kerl mit dem scharfen Arsch krame ich mein Handy hervor und hieve meinen Rollkoffer hinter mir her, dabei schwitze ich jetzt schon an Stellen meines Körpers, von denen ich nicht einmal wusste, dass sie Schweiß produzieren können.

Ivory geht sofort ans Handy, sobald ich ihre Nummer gewählt habe. Eines muss ich ihr lassen: Sie ist immer erreichbar, egal, ob morgens um acht oder nachts um drei. Was vermutlich daran liegt, dass ihre zwei Quälgeister sie ohnehin vom Schlafen abhalten. Dann kann sie auch genauso gut ans Telefon gehen, wenn ihre beste Freundin sie anruft.

»Liana. Solltest du nicht schon längst in der Luft sein?« Anklagend nimmt sie das Gespräch an. Und wer kann es ihr verübeln? Seit meine beste Freundin ihre Zwillinge bekommen hat, sind schon mehrere Monate vergangen, und ich habe es immer noch nicht geschafft, sie zu besuchen. Was nicht nur daran lag, dass ich im Club voll und ganz gebraucht wurde, sondern auch daran, dass ich ihr zeigen wollte, was ich von ihrem plötzlichen Verschwinden halte. Nämlich nicht sonderlich viel.

»Ja, aber mein Flug hat Verspätung und ich hab mir den Arsch abgehetzt, damit ich noch pünktlich ankomme. Jetzt kleben meine Kleider überall und ich hätte mir sogar noch einen Latte holen können!« Und ich hätte dem Mann hinterhergehen können … Um ihm noch mal gehörig meine Meinung zu geigen. Oder ihm meine Zunge in den Hals zu stecken …

Neben den Toiletten unter der Treppe bleibe ich stehen, um mir das nasse Kleid vom Körper zu zupfen, ohne dass es jemand sieht.

Eines steht fest: Wenn Ivory und West mich das nächste Mal zu sich einladen, sollen sie sich etwas Besseres einfallen lassen. Auf keinen Fall werde ich mir diese Tortur noch mal antun!

»Wann geht denn der Flug?«

»Moment, ich schaue mal …« Meine Augen wandern zur Anzeigetafel und anschließend zur Zeile, in der mein Flug leuchtend rot mit LATE gekennzeichnet ist. Ich wandere nach rechts zur Anzeige der neuen Abflugzeit.

»In einer halben Stunde ist Boarding. Ich sollte also heute Abend noch pünktlich zum Essen bei euch sein. Auch wenn es mir als Vollblutamerikanerin wirklich widerstrebt, euch in Kanada zu besuchen.«

Mein Scherz kommt nur halb so gut bei meiner Freundin an, wie ich es mir erhofft hatte, und gerade, als ich einen zweiten hinterhersetzen will, packt mich jemand von hinten.

Das Handy rutscht mir aus der Hand und landet mit einem lauten Poltern auf den Fliesen. Sofort höre ich das Knacken des Displays und keuche auf.

Die Hand auf meinem Mund nimmt mir die Luft, und egal, wie sehr ich um mich schlage, ich schaffe es nicht, meinen Angreifer von mir zu schubsen. Schleier tanzen vor meinen Augen, als eine Tür aufgestoßen wird. Trotz der Hand vor meinem Gesicht kann ich riechen, dass wir uns in den Toiletten befinden.

Schreie stecken in meiner Kehle, aber ich komme nicht dazu, sie herauszulassen. Erst, als wir vor einem Spiegel anhalten, kann ich den Mann hinter mir sehen. Er trägt eine dunkle Maske, lediglich seine Augen blitzen hervor. Mit aller Kraft stemme ich mich gegen ihn, aber sein dunkles Lachen lässt das Blut in meinen Adern sofort gefrieren. Und dann sehe ich im Spiegel, wie der Mann etwas aus dem Bund seiner Hose herausholt und mir an den Kopf hält.

Der Revolver fühlt sich kalt an meiner Schläfe an und es läuft mir eiskalt den Rücken herunter. Erinnerungen durchfluten mich und reißen mich in eine Zeit, in der ich nachts kein Auge mehr zubekommen habe. Ich habe in meinem Leben schon in mehr als einer schlimmen Situation gesteckt. Aber nie hat jemand eine Waffe gegen meinen Kopf gerichtet. Mein Körper zittert wie nie zuvor in meinem Leben, nicht einmal, als ich …

Doch ehe ich weiter darüber nachdenken kann, was ich getan habe, holt der Mann aus, donnert mir die Knarre gegen den Schädel, und ich … ich werde in seinen Armen auf der Stelle bewusstlos.

***

»Ich habe sie gefunden. War nicht unbedingt schwer, ihr Taxi zu verfolgen.« Die betonschwere Last auf meinen Lidern verhindert, dass ich die Augen aufschlagen kann, aber dafür kann ich ganz genau hören, was um mich passiert.

Ich muss in einem Wagen liegen, jede Wölbung auf der Straße nehme ich allzu deutlich an meinem Körper wahr. Etwas versperrt meinen Mund, sodass ich nichts sagen könnte, auch wenn ich wollte.

»Ja.«

Mit aller Macht versuche ich, die Stimme zuzuordnen, aber der Schleier in meinem Kopf ist zu dick, als dass ich zu einem Ergebnis kommen könnte. »Ich bringe sie jetzt in den Club. Wir sind in zwanzig Minuten da.« Etwas wird zur Seite geschleudert, und als der Wagen eine scharfe Kurve nimmt, werde ich zurück in die Dunkelheit befördert, als ich mit dem Kopf gegen etwas Hartes pralle.

***

Türen werden geöffnet und wieder geschlossen. Sekunden später strömt frische Luft in den Wagen, die ich gierig einsauge. Wieder versuche ich, die Augen aufzuschlagen, aber der Schmerz hinter ihnen hindert mich daran, mein Vorhaben in die Tat umzusetzen. Alles bleibt dunkel und schwammig. »Na, dann wollen wir dich mal reinbringen.« Die bedrohlich tiefe Stimme eines Mannes geht mir durch Mark und Bein.

Ich habe ein verdammt gutes Gedächtnis, aber an diese Stimme kann ich mich nicht erinnern, und das macht mir eine Heidenangst. Ich bin kein Mensch, der Angst hat. Aber das hier … das hier ist das erste Mal, dass ich nicht die Kontrolle habe. Wer zur Hölle ist dieser Mann und wo hat er mich hingebracht?

Arme legen sich unter meinen Rücken und meine Kniekehlen, und dann werde ich aus dem Wagen gehoben. Der kalte Wind streichelt meine Wangen und ich sinke gegen den Körper eines mir Fremden, weil ich zu schwach bin, um mich gegen ihn zu wehren. »Wohin hast du mich gebracht?« Meine Stimme ist schwächer, als ich es von mir gewohnt bin.

Ich fühle mich schwächer, als ich mich je gefühlt habe. Selbst, als ich an diesem Abend den Abzug drücken musste, habe ich nicht so stark gezittert. Auch wenn dieser Moment mein Leben für immer verändert hat. »In dein neues Zuhause, Liana. Wart's nur ab, du wirst dich wohlfühlen.« Das teuflische Lachen des Mannes sorgt für neue Schwindelanfälle, und dann fällt mein Kopf zur Seite und ich gebe mich erschöpft meinem Schicksal hin.

LIANA

Mein Schädel schmerzt, genau wie jeder Atemzug, den ich nehme. Es riecht nach Sex. Es riecht nach … Verderben? Ich kenne den Geruch. Weiß, dass ich ihn schon einmal inhalieren musste. Aber wann? Und wieso ist es so dunkel hier?

Um mich herum ist es still, jedenfalls, bis ich das Lachen einer Frau höre. Sie muss direkt neben mir sein. Das Bett, auf dem ich liege, ist sicher nicht so weich wie mein Bett zu Hause, also wo zur Hölle bin ich?

Mühsam drehe ich mich um, schlage die Lider flatternd auf und versuche, zu verstehen, wo ich bin. Das letzte, an das ich mich neben den Fetzen aus dem Wagen erinnere, ist mein Telefonat mit Ivory am Flughafen. Ich war spät dran, aber durch die Verzögerung meiner Airline hätte ich das Boarding noch geschafft. Ich wollte sie und West das erste Mal seit der Geburt in Kanada besuchen …

»Liana.« Mein Name, ausgesprochen von einer Frau, deren Stimme ich kenne, durchzuckt mich und den Raum. Erst auf den zweiten Blick kann ich ihre Silhouette ausmachen. Sie steht vor den Gitterstäben … Moment Mal! Mit meiner letzten Kraft stemme ich mich hoch und taumle benommen nach vorne. Ich kenne diese Location.

Ich kenne die Frau, die hinter den Gittern gegenüber von mir steht und mich lieblich und teuflisch zugleich angrinst. Ihre schwarzen, fransigen Haare … ihre toten Augen.

»Annabelle?« Sofort muss ich an unser letztes Zusammentreffen denken, als ich mit West auf der Suche nach Ivory war … in Tristans Club. Wie Schuppen fällt der Schleier von meinen Augen und ich beginne, am ganzen Körper zu zittern, während Annabelle aus voller Kehle lacht.

»Willkommen im *Golden Cage*, meine Süße.« Mit diesen Worten steckt sie einen Schlüssel ins Schloss der Tür und betritt den Käfig. Bevor ich meinen Fluchtweg ergreifen kann, ist Annabelle mir zuvorgekommen und hat mein Gesicht gegen die Gitterstäbe gepresst, sodass sie sich in mein Fleisch bohren. Im nächsten Moment trifft mich ihre Hand so stark am Hinterkopf, dass mir wieder schwindelig wird, als meine Schläfe gegen das Gitter geschleudert wird.

»Das ist dafür, dass du West damals nicht aufgehalten hast, als er mich an Tristan verkauft hat.« Ihre Stimme, die bis eben noch lieblich klang, bebt jetzt vor Wut. Ich erinnere mich an den Ausdruck auf ihrem Gesicht, als sie vor unseren Augen mit einem der Freier schlafen musste. Sie sieht noch magerer aus als damals, dabei bestand sie dort schon nur noch aus Haut und Knochen.

»Ich konnte ihn nicht davon abhalten. Du weißt, dass Tristan West immer in der Hand ha-« Wieder donnert sie meinen Kopf gegen die Stäbe und unterbricht mich damit. »Hör auf, dich rauszureden. Hör einfach auf, Ausreden dafür zu suchen, dass du die Augen verschlossen hast!« Sie kommt mir ganz nahe und ihr Atem riecht wie damals nach Alkohol.

»Aber jetzt bist du hier. Mit mir. In der Hölle. Und ich verspreche dir, dass ich dafür sorgen werde, dass du genauso leiden wirst wie ich. Im *Silver Wings* warst du ein Engel, nicht wahr? Hier wirst du nur ein menschlicher Teppich sein, mehr nicht.« Ein Lächeln umspielt ihre Lippen, als sie mich auf das unbequeme Bett hinter mir schubst und mit wackeligen Schritten den Käfig verlässt, um ihn hinter mir wieder zu verschließen. »Wir werden eine Menge Spaß hier drin haben.« Und mit diesen Worten stolziert sie davon, während ich erschöpft zurück in die Dunkelheit falle.

***

Das nächste Mal, als ich Stimmen höre, bin ich in der Lage, die Augen zu öffnen. Trotzdem lasse ich sie zu und tue so, als würde ich schlafen. Wenn ich eines gelernt habe, ist es das: Die Leute sind naiv und plaudern nahezu alle Geheimnisse aus, wenn sie sich unbeobachtet fühlen. Weil sie nicht schlau genug sind, genau hinzusehen. »Was soll ich mit ihr machen?« Die liebliche Stimme mit dem leicht russischen Akzent gehört definitiv nicht Annabelle, was für einen kleinen Seufzer meinerseits sorgt. Dass diese Frau Probleme hat, wusste ich schon, als sie noch neben mir als *Red* im *Silver Wings* gearbeitet hat, aber der Job hier hat ihr eindeutig den Rest gegeben. Ein Schmatzen vor dem Käfig ertönt, das ich instinktiv einem Mann zuordnen würde. Dem Mann, der mich hergebracht hat? Sofort schrillen alle Alarmglocken bei mir auf, aber ich bleibe wie eine menschliche Puppe ganz still liegen und rühre mich nicht. Werde eins mit diesem unbequemen Bett.

»Wir müssen mehr aus ihr machen. Ich meine, sieh sie dir doch an.« Nur schwer widerstehe ich dem Drang, meine Augen zu öffnen und den beiden direkt ins Gesicht zu sehen. Eins steht fest: Der Kerl ist nicht der Mann, der mich hergebracht hat, an seine Stimme würde ich mich erinnern.

»So wird kein Kunde sie wollen. Dusch sie, zieh sie an. Überschmink ihre Wunde. Mach sie einfach vorzeigbar, Irina. Am besten so schnell wie möglich, damit sie ihre erste Schicht antreten kann. Wir müssen den Ausfall von Katie ausgleichen.«

Galle steigt in mir auf, weil sie über mich reden, als wäre ich bloß eine rostige Karre, die aufpoliert werden muss. Im nächsten Moment wird der Käfig geöffnet, und als mich jemand am Arm packt, schlage ich widerwillig die Augen auf. Eine Blondine sitzt an meinem Bett und betrachtet mich lange und ausgiebig.

»Interessantes Gesicht. Daraus lässt sich was machen.« Sie schiebt meine roten Strähnen nach hinten und hantiert mit ihnen herum, als wäre sie ein Friseur, der seinen nächsten Kunden als Versuchsobjekt ansieht. »Aber die Farbe sollten wir ändern. Komm, wir haben noch einiges vor.« Die Liana, die ich früher war, hätte der Kleinen sofort klargemacht, wo sie steht.

Aber die Liana von heute weiß, dass es manchmal besser ist, seinen Mund zu halten. Wenn sie mich von hier wegbringt, kann ich mir einen Überblick über die Räumlichkeiten des Clubs verschaffen. Sie hat unter dem schwarzen Lederkleid zwar einen straffen Körper, aber ich bin stärker als sie. Es wird leicht sein, sie zu überwältigen, wenn ich erst einmal eine Dusche hinter mir habe und meine Gedanken wieder etwas klarer sind.

Irina hilft mir hoch und führt mich anschließend raus aus dem Käfig und auf den Flur. Mein erster Blick landet direkt auf Annabelle gegenüber, die hinter ihren Gitterstäben Spalier steht und teuflisch grinst.

Der Boden ist edel, genau wie die goldenen Käfige, in denen die Frauen ihre Körper für Tristan verkauft haben. Mir war klar, dass jemand den Club übernehmen würde, die Frage ist nur, wer … Und wer etwas davon hätte, mich herbringen zu lassen.

Irina führt mich über die Tanzfläche nach hinten, und als wir schließlich eine Wohnung erreichen, habe ich bereits nach allen möglichen Fluchtmöglichkeiten Ausschau gehalten, habe aber keinen einzigen gefunden.

»Geh schon mal ins Bad und stell dich unter die Dusche. Nimm ruhig mein Shampoo, es riecht nach Kokos.« Ihr Lächeln ist beinahe beängstigend echt, dabei weiß ich, dass ich niemandem außer mir selbst vertrauen kann. West konnte ich trauen, aber der ist Hunderte Meilen von mir entfernt. Ob sie schon nach mir suchen? Oder denken sie bloß, dass ich meine Meinung geändert habe, um in New York zu bleiben? In diesem Moment wünschte ich, ich wäre weniger sprunghaft. Dann wüssten sie auf jeden Fall, dass etwas nicht stimmen kann.

Ohne ihr zu antworten, mache ich mich auf den Weg in das Badezimmer. Die Fliesen sind grellweiß und blenden mich fast, und als ich vor dem geräumigen Spiegel stehe, erkenne ich mich selbst kaum wieder.

Die Platzwunde an meiner Stirn hat sich mit meinen Haaren verklebt, meine Augen sehen leer aus. Dort, wo ich vorhin noch meine Kleidung getragen habe, bedeckt lediglich billige Unterwäsche meinen Körper, die ich sonst nicht mal zum Putzen benutzen würde.

Langsam schlüpfe ich aus dem schwarzen String und dem BH, stelle mich unter die Dusche und genieße das heiße Wasser auf meiner Haut. Normalerweise müsste ich vor Angst zittern oder heulen, aber ich kann weder das eine noch das andere.

Alles, was ich tun kann, ist, die Fliesen anzustarren, als würde ich in ihren Fugen die Lösung für mein Problem finden. Irina hatte recht, das Shampoo hüllt mich mit zartem Kokosduft ein, und als ich der Meinung bin, den Schmutz des Tages im Abfluss heruntergespült zu haben, steige ich aus der Dusche und trockne mich ab. Ein Klopfen an der Tür lässt mich kurz zusammenfahren.

»Komm rein.« Die Blondine, die mir immer noch viel zu nett erscheint, betritt das Badezimmer und sieht mich fragend an. »Was ist?«

»Na ja …« Sie runzelt die Stirn und schließt die Tür hinter sich, als würde draußen jemand sein, der uns stören könnte. »Alle anderen Mädchen, die neu in den Club kommen, pinkeln sich in die Höschen vor Angst. Wortwörtlich. Aber du … du siehst fast glücklich aus, hier zu sein.«

Wie falsch sie mit der Annahme liegt, verrate ich ihr lieber nicht. Ich wringe meine Haare über dem Waschbecken aus und zucke mit den Schultern. Mein Körper will ihr weismachen, dass es für mich keine große Sache ist, hier zu sein, ohne zu wissen, wieso.

»Ich war schon an vielen schlimmen Orten. Und ich lebe immer noch.« Wieder wird ihr Lächeln breiter, was mich mittlerweile erst recht daran zweifeln lässt, dass sie es ernst meint. Etwas stimmt mit dieser Frau nicht, und damit meine ich nicht nur die Tatsache, dass sie sich hier wohlzufühlen scheint. Viel eher sind es ihre Augen, die mir Sorgen machen.

»Von all den schlimmen Orten auf der Welt, an denen ich schon war, ist das hier der netteste. Glaub mir, in Russland wäre dieser Club ein Streichelzoo. Ich bin froh, nicht die Einzige zu sein, die das so sieht. Das Letzte, was unser Club gebrauchen kann, ist eine zweite Annabelle, die mit ihren Dramen die Kunden verschreckt und uns das Geschäft kaputtmacht.« Sie schnalzt mit der Zunge, kommt zu mir herüber und legt ihre Hände auf meine Schultern, als wären wir schon seit Jahren befreundet. Dabei überkommt mich bloß Übelkeit, wenn ich in ihr gestelltes Lachen sehe.

»Aber jetzt müssen wir dich wieder auf Vordermann bringen, schließlich ist das mein Job.« Sie bugsiert mich zum Rand der Badewanne und setzt mich darauf ab. »Ich bin dafür, dass wir dir das scheußliche Rot überfärben. Die Männer hier stehen auf Blondchen.« Sie deutet auf ihre unverkennbar gebleichten Haare.

»Außerdem müssen wir deine kleine Wunde da oben abdecken. Die Kunden wollen perfekte Frauen ohne Makel, keine Frauen, die von ihren Männern misshandelt wurden.« Von meinen Männern? Es gibt nur einen Mann, der mir das hier angetan hat, und jetzt liegt es an mir, herauszufinden, wer das war. Und wieso er mich hier haben will …

»Tu, was immer du für richtig hältst.« Je weniger ich nach diesem Abend wie mein altes Ich aussehe, desto einfacher wird es für mich sein, unterzutauchen, wenn ich erst einmal geflohen bin. Denn eines steht fest: Ich muss herausfinden, wieso ich hier bin … koste es, was es wolle. Und mit einem neuen Aussehen und einer neuen Identität wird es mir leichter fallen, lebend davonzukommen.

KYLE

»Und, wie lief die Fahrt mit diesem Hinterwäldler, der sich zu fein für ein gewöhnliches Taxi war?« Liza begrüßt mich – wie üblich – in Unterwäsche. Heute hat sie sich ausnahmsweise für etwas Farbe entschieden, und der weinrote Stoff passt perfekt zu ihrem blassen Körper, und die Abwechslung in der Farbe zieht sofort meine Blicke auf sie. Selbst das Piercing in ihrem Bauchnabel ist weinrot.

»Nicht sonderlich gut«, antworte ich und schäle mich aus meinem Jackett. Wenn ich etwas an meinem Job hasse, ist es die Kleiderordnung.

Es ist mir egal, dass ich für meinen Boss wichtige Menschen kutschieren muss, und dass mich seine Kunden in neunzig Prozent der Fälle wie Abschaum behandeln, auch. Froh, endlich wieder in mein wahres Ich schlüpfen zu können, schmeiße ich das Jackett auf die Kommode und knöpfe mein Hemd auf, bis ich oberkörperfrei vor ihr stehe und die Demütigung des Tages mit dem grauen Hemd zu Boden fallen lasse. Liza sieht meinen Striptease als Einladung an und wirft sich mir direkt an den Hals. Sie

26

riecht frisch geduscht und die Spitzen ihrer Haare sind noch feucht. »Du weißt, dass das bald vorbei ist. Du wirst nicht ewig der Handlanger sein«, versichert sie mir surrend und knabbert Sekunden später bereits an meinem Hals. Mein Körper will sich auf sie einlassen, aber die Wut in meinem Inneren hemmt mich. Die Wut darauf, dass ich immer noch in diesem beschissenen Job feststecke, in dem ich den Chauffeur für meinen Boss spiele.

»Ist das so?« Meine Frage lässt Liz von meinem Hals Abstand nehmen. Stattdessen stellt sie sich auf die nackten Zehenspitzen und umfasst mein Gesicht wie eine Mutter das ihres Sohnes.

»Sicher. Ich meine – die Kollektion meiner Chefin läuft super, und mit viel Glück können wir uns dann was Eigenes leisten. Nichts, was jemand anderes bezahlen muss …« Natürlich spielt sie auf das Haus an, das nicht mir gehört, in dem es mir aber gestattet wurde, zu wohnen, bis ich mir mehr leisten kann als die Bruchbude, aus der ich komme. Normalerweise stört es mich nicht, auf Kosten anderer zu leben. Aber in diesem Fall will ich nur ungern noch mehr in seiner Schuld stehen als ohnehin schon.

»Du weißt, dass wir kein Paar sind, oder?« Liz und ich kommen aus derselben untersten Schicht, wissen beide, wie es ist, als Mangelware angesehen zu werden, und, ja – wir schlafen miteinander. Aber sie weiß – genau wie ich –, dass eine Beziehung alles nur verkomplizieren würde. Theatralisch verdreht sie die braunen Augen und macht einen Schmollmund, vermutlich, um mich damit um den

Finger zu wickeln. »Nach wie vor, Kyle.« Genervt lässt sie von mir ab und wackelt mit ihrem leicht bekleideten Arsch in den Wohnbereich, um mir zu demonstrieren, wie egal es ihr ist, dass ich sie gerade in die Affärenschublade gesteckt habe.

Sie hier bei mir zu haben, hält mich davon ab, wieder Scheiße zu bauen, die mich hinter Gittern bringen kann. Aber manchmal wünschte ich mir, ich wäre einfach allein. Noch bevor ich über mein verkorkstes Leben nachdenken kann, hält mich mein Handy davon ab, indem es nervtötend in der Innentasche meines Jacketts klingelt. Sein Name ist nicht das schlimmste Übel, aber definitiv auch nicht die Krönung des Abends.

»West«, nehme ich ab und lehne mich gegen den Türrahmen, um Liz dabei zu beobachten, wie sie sich auf der Yogamatte vor dem Fernseher verrenkt, obwohl sie gerade erst duschen war. Verrückte Frau. In diesem Hauch von Nichts, der kaum die nötigsten Stellen bedecken kann, wenn sie den Morgengruß macht. Fast lenkt mich ihr witziges Erscheinungsbild von dem Mann am anderen Ende der Leitung ab. Aber nur fast …

»Du musst mir einen Gefallen tun.« Zu meinem Glück kann er nicht sehen, dass ich die Augen verdrehe. Bei meinem Händchen für Pech würde er mich aus der Bude rausschmeißen und mich dahin zurückschicken, wo ich herkomme. Und wenn ich etwas noch weniger will, als in seiner Schuld zu stehen, dann ist es das.

»Muss ich das?« Liz ist die perfekte Schauspielerin, sie tut so, als würde sie sich auf die Tante im TV konzentrieren, dabei weiß ich, dass sie mit den Sinnen voll und ganz bei mir und diesem Gespräch ist. Und noch sicherer ist, dass sie mich nach dem Telefonat hierauf ansprechen wird, immerhin hat sie sich bei mir einquartiert. Wenn ich fliege, muss sie sich ebenfalls vom Acker machen. Und sie liebt das Badezimmer inklusive Whirlpool viel zu sehr, vermutlich sogar mehr als unseren Sex, der alles andere als schlecht ist.

»Hast du vergessen, was ich für dich getan habe?« Rhetorische Fragen konnte ich noch nie leiden, vor allem nicht, wenn ich derjenige bin, der sie gestellt bekommt. Also beiße ich mir auf die Zunge und versuche, sachlich an dieses Telefonat heranzugehen. Immerhin ist West in Kanada, verdammt. Was soll er von seinem Kaff aus schon anrichten? Eben. Nichts. Er kann mir die Hölle heiß machen – was juckt es mich? Er kann jemanden herschicken, der mich verprügelt – na und? Körperliche Schmerzen sind mir schon lange egal. In Anbetracht der Tatsachen, kann ich also locker an die Sache herangehen und mich entspannen.

»Wie könnte ich das vergessen«, murmle ich und lege den Kopf schief, um Liz' Verrenkungen genau zu beobachten. Bis eben hat mich ihre Yoga-Session wenig interessiert, aber irgendwie muss ich mich von West ablenken. Und davon, was er eigentlich von mir will. Wann haben wir das letzte Mal miteinander gesprochen? Seit er Vater ist, meldet er sich kaum noch, was mir nur recht sein soll. Umso erstaunter bin ich, dass er mich nach Monaten der Funkstille wieder kontaktiert und gleich zur Sache kommt. »Also, was kann ich für dich tun? Ich hätte zwar nie gedacht, dass es mal so weit kommen könnte, dass ich dir helfen kann, aber man lernt bekanntlich nie aus.«

»Ich bräuchte deine Hilfe nicht, wenn ich in New York wäre. Du bist im Moment der einzige Mensch, der infrage kommt. Der einzige Mensch, dem ich zumindest etwas Vertrauen schenke.« Wow, nett. Selbst für ihn bin ich die Notlösung anstatt die erste Wahl. So war es schon mein Leben lang.

»Nun rück schon raus, West.«

»Es geht um eine Freundin. Sie ist …« Kurze Pause, die so gar nicht zu dem Mann passt, der sie einfügt. »Sie ist seit einigen Stunden verschwunden. Und ich bin mir sicher, dass ihr etwas zugestoßen ist.«

Langsam schleicht sich Neugier in meine Venen, ich stelle mich aufrechter hin und blende Liz komplett aus. Mein Job als Chauffeur ist zum Sterben langweilig, vielleicht tut mir ein wenig Detektivarbeit ja ganz gut. »Und wie kann ich dir da behilflich sein? Wieso rufst du nicht die Bullen?« Er klingt seit dem Beginn des Telefonats angespannt, und mir wird klar, dass das hier eine ernste Sache und kein Spiel ist.

Schade.

Ich liebe es, zu spielen.

»Ich habe eine Vermutung, wo sie sein könnte. Du musst sie finden und sie da für mich rausholen. Die Polizei kann mir dabei nicht helfen.« Rausholen? »Moment Mal, das hier ist aber kein *Prison Break* für Anfänger, oder?« Auf keinen

30

Fall werde ich seine Freundin, deren Namen ich noch nicht einmal kenne, aus dem Knast schmuggeln. Auch wenn wir beide wissen, dass ich das Zeug dazu hätte ... wäre gewiss nicht das erste Mal. Und es wäre gewiss nicht das erste Mal, dass ich dafür fast mein Leben aufs Spiel gesetzt hätte.

»Sie ist nicht im Gefängnis«, murmelt West, doch irgendetwas in seiner Stimme sagt mir, dass ihn diese Tatsache nicht beruhigt. Er klingt, als wäre er froh, wenn sie nur im Knast sitzen würde. Welcher Ort kann für eine Frau schlimmer sein als das Gefängnis?

»Und wo ist sie dann?« Wieder entsteht diese untypische Pause, die für ein komisches Zerren in meiner Magengegend sorgt. »Im *Golden Cage*.« Seine Antwort lässt mich bloß laut auflachen, sodass sogar Liz ihr desinteressiertes Spiel aufgibt, sich aufrichtet und mit tänzerischen Schritten auf mich zukommt. Man merkt ihr in jedem Moment an, dass sie das Tanzen lebt.

»Ich soll eine Nutte aus einem Puff retten? Ist das dein Ernst?« West hat schon viel Stuss von sich gegeben, aber dieser hier ist definitiv die Krönung von allem. Ich kenne den Club, aber noch wichtiger ist: Ich kenne den Besitzer. Und ich weiß, dass ich so viel Abstand wie möglich von diesem Kerl nehmen sollte, wenn ich nicht in den Kreis seiner Feinde aufgenommen werden will. Und eine seiner Frauen aus seinem Club zu entführen, würde mich direkt an die oberste Stelle setzen. Ein Platz, den West ruhig dankbar einnehmen kann, aber nicht ich.

»Kyle«, warnt er mich scharf. »Du weißt, dass du ohne mich im Knast sitzen würdest. Du weißt, dass du keine andere Wahl hast, wenn du nicht auf der Straße als Penner enden willst«, erinnert er mich wieder daran, dass ich in seiner Schuld stehe und tun muss, was er von mir verlangt, wenn ich die Bude hier behalten will. Liz sieht mich besorgt an und berührt flüchtig meinen Arm. Die Panik, die in ihren Augen aufflackert, deute ich sofort richtig. Sie hat keine Angst um mich, sondern Angst davor, selbst auf der Straße zu landen und den Luxus hier aufgeben zu müssen. Und wieder wird mir bewusst, wie gut es ist, dass wir unsere Beziehung rein platonisch halten.

»Schick mir alles, was ich über diese Frau wissen muss, und sag mir, was ich tun soll, wenn ich sie befreit habe.« Dabei klingt allein der Gedanke an eine James-Bond-Rettungsaktion selbst für mich zu albern. Definitiv habe ich Besseres zu tun, als mein Leben für eine fremde Frau in Gefahr zu bringen, nur, weil West es so will. Nur, weil er meint, mich auch nach Jahren noch in der Hand haben zu müssen.

»Du musst sie bei dir untertauchen lassen, bis ich geklärt habe, was es damit auf sich hat. Ich muss wissen, womit wir es zu tun haben, bevor ich die nötigen Maßnahmen ergreifen kann.«

»Ich soll was?« Meine Stimme wird lauter, was Liz in meinen Armen zusammenzucken lässt. Sie sieht mich musternd an, während ich mich nur auf das Gespräch konzentriere.

»Vergiss die Abmachung nicht, Kyle. Ich schicke dir ein Bild von ihr … und ich zähle auf dich.« Und damit ist die Leitung unterbrochen, während ich versuche, zu verstehen, was hier eigentlich vor sich geht. Noch ehe ich das Handy wegpacken kann, erreicht mich eine neue Nachricht. Ich öffne sie und warte, bis das Bild geladen ist. Sekunden später grinst mich eine Frau breit an. Sie hat langes, rotes Haar, gemachte Titten und strahlend weiße Zähne. Dass sie kaum mehr als dieses Lächeln trägt, bestärkt mich in der Annahme, was sie ist … und woher West sie kennen muss.

»Ist alles okay?« Liz klingt nach wie vor besorgt. Und ich weiß immer noch nicht, was zur Hölle das hier eigentlich soll. »Ich denke schon.« Hypnotisiert starre ich diese Frau auf meinem Handy an und versuche, mich daran zu erinnern, ob ich ihr schon einmal begegnet bin, komme aber zu keinem Ergebnis.

Mein Blick wandert zur Bildunterschrift.

Liana M. Jones.

Ein Name, den ich noch nie gehört habe.

Und ein Name, von dem ich noch nicht weiß, dass er mein Leben verändern soll.

IVORY

Max schläft seit einigen Minuten tief und fest auf meinem Arm. Und auch wenn ich ihn zu seinem Bruder ins Bett legen sollte, kann ich ihn gerade nicht loslassen. Aufgekratzt laufe ich auf und ab, sehe West zu, der auf der Terrasse steht, und hoffe, dass uns das Telefonat weiterhelfen wird. Seine Miene ist todernst, die Stirn hat er in Falten gelegt. Nachdem er das Handy energisch in seine Tasche gestopft hat, kommt er zurück ins Haus und steuert auf uns zu. Als sein Blick zu unserem Sohn schweift, glättet sich seine Stirn und Liebe kehrt in seinen Blick zurück. Wie jedes Mal, wenn er einen von ihnen oder mich ansieht.

»Und?« Instinktiv presse ich mein Baby noch dichter an mich heran. Die Nähe beruhigt mich, so gut es geht. West hält Abstand zu uns, und ich weiß auch genau, wieso. Immer, wenn er derart unter Strom steht, will er den Kindern nicht zu nahe kommen, weil er Angst hat, sie könnten mitbekommen, wie es in ihm aussieht. Er will nicht, dass sich seine Stimmung auf sie überträgt. Etwas, wofür ich ihn noch mehr liebe.

»Ich hoffe, er hat den Ernst der Lage verstanden und wird uns helfen.« Seine Miene spricht Bände: Er glaubt selbst nicht daran. Max schmatzt im Schlaf genüsslich vor sich hin, und weil ich Angst habe, ihn zu wecken, schleiche ich zum Babybett herüber und lege ihn neben seinem Bruder ab, der schon seit einer Stunde friedlich schläft.

Kommentarlos gehe ich nach draußen auf die Terrasse und höre Wests schwere Schritte, die mir folgen. Sobald er die Tür verschlossen hat, lasse ich die Angst Oberhand gewinnen. Mein Körper fängt in dem Moment an, zu zittern, in dem West hinter mich tritt und mich in seine Arme zieht, als wüsste er genau, was ich jetzt brauche.

Das weiß er immer.

Und dafür liebe ich ihn von Tag zu Tag mehr.

»Hey, alles wird gut.« Er greift von hinten um mich und nimmt meine Hand in seine. In jeder anderen Situation würde mir sein Geruch Trost spenden und mir die Panik nehmen, aber nicht heute. Nicht, solange unklar ist, was mit Liana nicht stimmt. Geschweige denn, wo sie ist und ob sie noch … lebt.

»Alles wird gut.«

»Wie?« Mit dieser geflüsterten Frage drehe ich mich in seinen Armen um. »Wie soll alles gut sein, wenn deine Vermutung wahr ist und sie … sie im Club ist?« Ich war noch nie im *Golden Cage*, aber ich kenne ihn von Erzählungen. Liana hat mir nach meiner Ankunft im *Silver Wings* gesagt, was in diesem Laden mit den Frauen passiert. Allein der Gedanke daran, dass sie da festgehalten werden könnte, bringt meinen Magen zum Überstülpen und treibt Tränen in meine Augenwinkel. »Heute Abend findet eine Art Maskenball im *Golden Cage* statt. Kyle wird auch da sein, und wenn er sie findet, wird er sie da rausholen. Er muss das für mich tun.« Mut machen war nie Wests Stärke, und selbst der entschlossene Ausdruck in seinen silbernen Augen kann das nicht ändern.

»Und wie soll er das schaffen?« Natürlich traue ich seiner Entscheidung, aber ich traue diesem Kyle nicht, immerhin habe ich den Kerl noch nie in meinem Leben gesehen. West überlegt, wie viel er mir anvertrauen will, macht aber direkt vor meinen Augen dicht.

Etwas, das schon seit Monaten nicht mehr passiert ist. Seit wir New York hinter uns gelassen haben, hatte er nie Geheimnisse vor mir. Diese Wendung in unserer Beziehung macht mir fast genauso viel Angst wie die Tatsache, dass Liana schon längst hätte hier bei uns sein müssen. Wir müssten in diesem Augenblick zusammen am Esstisch sitzen und über Gott und die Welt reden. Sie müsste uns sagen, was sie an Kanada hasst und wir ihr, was wir an dem Land lieben.

»Vertrau mir einfach. Wir werden sie da rausholen. Und wir werden die nächste Maschine nach New York nehmen, wenn Kyle sie da rausgeholt hat. Tristans Leute kennen mich, ihn nicht. Er ist der Einzige, der das jetzt durchziehen kann.« Der Klang seines Namens bringt mich sofort wieder zum Beben, was West augenblicklich bemerkt. Beschützend

36

nimmt er mich in seine Arme und vergräbt sein Gesicht in meinem Haar.

»Ich mache mir solche Sorgen«, schluchze ich, als alle Dämme bei mir brechen. Liana hat mir bei meinem Neuanfang in New York geholfen, ohne sie hätte ich dem *Silver Wings* vermutlich sofort wieder den Rücken zugekehrt und hätte den Mann vor mir nicht wieder getroffen. Ich hätte nie erfahren, wieso West mich damals verlassen musste.

Jetzt nicht zu wissen, ob es ihr gut geht, bringt mich schier um. Seine Lippen wandern zu meiner Stirn, die er sanft küsst. »Du kennst Liana. Sie ist stark.« Ja, das ist sie. Aber wie stark kann ein Mensch schon sein?

LIANA

Mein Zeitgefühl hat sich schon von mir verabschiedet, als ich die Dusche verlassen habe, und so weiß ich nicht, wie lange ich bereits mit Irina hier im Badezimmer bin. Aber als ich das nächste Mal vor dem Spiegel stehe, erkenne ich mich kaum wieder. Meine seit Jahren immer wieder rot gefärbten Haare sind jetzt blond mit einem leichten Stich ins Orange, weil die Farbe das Rot nicht komplett eliminieren konnte. Von der Wunde, die Annabelles Schlag gegen die Gitterstäbe auf meiner Schläfe hinterlassen hat, ist nichts mehr zu sehen. Meine Augen sind stärker geschminkt, als ich es gewohnt bin, und wenn ich nicht wüsste, dass ich immer noch im selben Körper stecke, würde ich behaupten, die Person im Spiegel wäre eine Fremde, die ich noch nie gesehen habe. Genau das, was ich jetzt brauche!

»Gefällt es dir?«, fragt mich Irina mit ihrem stark ausgeprägten russischen Akzent. Während sie mich fertig gemacht hat, haben wir kaum miteinander gesprochen, und auch wenn ich es will, kann ich ihr das Lächeln auf den aufgespritzten Lippen nicht abkaufen.

Süßlich grinse ich sie an und überlege mir derweil, wie ich hier rauskommen kann, ohne ihr wehtun zu müssen. Sie wäre gewiss nicht die erste Person, der ich wehtun muss, aber ich will so wenig Aufmerksamkeit wie möglich auf mich ziehen, bevor ich verschwinde. Außerdem bin ich von Natur aus kein gewaltbereiter Mensch und das soll sich eigentlich nicht ändern.

»Sehr. Du hast wirklich Talent.« Sie quittiert mein Kompliment mit einem wissenden Lächeln und macht sich dann daran, die Haare vom Boden aufzusammeln, die sie bei meinem Spitzenschnitt hinterlassen hat.

Und als ich die Schere am Waschbeckenrand sehe, kommt mir eine Idee. Unauffällig habe ich die Schere an mich genommen, und gerade, als Irina wieder hochkommt und ich sie damit überwältigen will, fällt der Handfeger zu Boden.

Ich weiß nicht, wie sie es geschafft hat, aber im nächsten Moment bin ich diejenige, der die Spitze der Schere an den Hals gehalten wird. Irina steht hinter mir und flüstert mir etwas zischend ins Ohr.

»Dachtest du, ich bin so dumm?« Ich will mit Ja antworten, beiße mir aber auf die Zunge. Immerhin müsste ich nur ein weiteres falsches Wort sagen und sie könnte einfach zudrücken und es damit ein für alle Mal beenden. »Nur, weil ich blond bin, heißt es nicht, dass ich nicht schlau genug sein kann, ein Püppchen wie dich zu durchschauen. Was dachtest du? Dass du mich hier einfach abstechen und abhauen kannst?«

Ihr überhebliches Lachen bringt mein Blut zum Kochen, und egal, wie stark ich mich wehre, sie ist trotz ihrer schmalen Statur wahnsinnig kräftig.

»Merk dir eins: Wenn du hier rauswillst, musst du dir schon mehr einfallen lassen.« Sie drückt die Spitze der Schere leicht in meine empfindliche Haut, doch bevor sie den Punkt erreicht, an dem sie die Haut durchsticht, schubst sie mich von sich weg.

Anschließend steckt sie die Schere unter ihrem Rock in ein schwarzes Strumpfband und klatscht sich den imaginären Dreck von den Händen. Danach tänzelt sie an mir vorbei und winkt mich hinter sich her, als hätte es diesen Zwischenfall eben gar nicht gegeben. Der Wasserhahn in der Dusche tropft immer noch und das regelmäßige Ploppen der Tropfen macht mich fast wahnsinnig.

»Und jetzt komm, damit wir dir etwas Ordentliches für den Abend anziehen können.« Ein Blick aus ihren kalten Augen macht mir fast Angst. »Und denk nicht daran, es noch einmal zu versuchen, verstanden?« Widerwillig nicke ich, dabei habe ich noch lange nicht aufgegeben. Wenn sie mich kennen würde, wüsste sie das … Aber sie kennt mich nicht, und das ist mein Vorteil.

***

»Ich denke, damit können wir dir den Start vereinfachen.« Irina zerrt einen Stofffetzen aus dem Kleiderschrank und betrachtet ihn an ihrem Körper im Spiegel. Es handelt sich um einen schwarzen BH, der durch eine Spitzenapplikation mit einem String verbunden ist. Alles in allem verdeckt dieses Teil vielleicht gerade so meine Nippel.

Irina reicht mir die Dessous und sieht mich dann mit großen und erwartenden Augen an. Ich weiß nicht, was es ist, das mir an ihr Angst macht. Der berechnende Blick, der mir sagt, dass diese Frau zu allem bereit wäre? Das intrigante Grinsen, mit dem sie mich belächelt?

Im *Silver Wings* bin ich vielen Frauen begegnet. Frauen aus vielen Ländern, Frauen, die sich in den übelsten Kreisen herumtreiben mussten und aus der Gosse kamen. Aber keine einzige von ihnen hat das ausgestrahlt, was Irina ausstrahlt.

»Was? Sag nicht, das ist dir zu freizügig.« Wenn sie wüsste, welche Sachen ich schon tragen musste, würde sie dieses Wort nicht in den Mund nehmen. Freizügig ist mein zweiter Vorname, aber im Vergleich zu den Sachen vor mir im Schrank, hatten Wests Sachen irgendwie mehr Stil. Hier schreit alles nach Straßenstrich, und wenn ich eines nie sein wollte, dann eine Straßenhure.

»Ist es nicht.« Triefend freundlich sehe ich sie an und lasse das Handtuch fallen, um mir diesen Hauch von Nichts anzuziehen. Sie mustert dabei meinen nackten Körper wie den ihrer stärksten Feindin. Ob sie auch eine der Frauen ist, die in den Käfigen ihr Geld verdienen?

Ich schlüpfe in den String, schiebe die Träger über meine Schultern und verschließe den BH auf der Rückseite. Er sitzt perfekt – nicht zu eng, dass er in meine Haut schneidet, und nicht zu weit, dass etwas herausspringen kann. Obwohl die Männer vermutlich genau das wollen … Bis jetzt hatte ich noch nie Angst vor einem Abend in meinem Job, aber jetzt? Jetzt versuche ich vehement, mein Zittern unter Kontrolle zu bekommen, bevor sie es bemerkt.

»Gut. Dann fehlt jetzt nur noch das Wichtigste.« Mit Schwung dreht sie sich um und zieht anschließend eine schwarze Maske heraus, die sie mir zuwirft. »Und wofür soll die sein?«

»Heute Abend findet eine besondere Party statt. Unsere Kunden werden Masken tragen, unsere Frauen auch. Das gibt dem Ganzen noch einen ganz bestimmten Reiz. Die Maskenbälle laufen immer am besten hier.«

Die Perlen an der schwarzen Maske funkeln im Licht der Deckenlampe, und auch wenn es nicht das erste Mal ist, dass ich so etwas trage, widerstrebt es mir, sie aufzusetzen. Sobald ich sie trage, wird alles so real.

Sie wird mich zurück in diesen Käfig bringen, wo ich wie ein Tier gehalten werde, bis die ersten Kerle kommen, die mich vögeln wollen. Und bis jetzt ist mein Plan, wie ich von hier verschwinden soll, ohne dass es jemand bemerkt, noch nicht ausgereift.

»Was?« Irinas spitze Stimme klingt tadelnd.

»Ich weiß, wer du bist, Liana. Ich weiß, dass du im *Silver Wings* eine *Red* warst. Du hast deinen Körper an Hunderte Männer verkauft und jetzt soll es an einer harmlosen Maske scheitern?« Mit zwei Schritten ist sie bei mir, nimmt mir die Maske ab und befestigt sie an meinem Kopf, wobei sie nicht unbedingt zärtlich mit mir umgeht. Das Gummiband schnappt zu und ich zucke zusammen. »Maskieren und prostituieren, Kleines. Das ist heute dein Motto.« Sie hebt ihren Rock an, um mir die Schere zu zeigen, mit der ich meine einzige Chance auf eine Flucht verspielt habe.

Ihre Blicke sprechen ihre eigene Sprache … entweder, ich füge mich, oder die Spitze der Schere durchschneidet meine Haut wie Butter. Als ich meine Schultern straffe, nickt sie befriedigt.

»Braves Mädchen. Und jetzt bringe ich dich in deinen Käfig zurück, wir wollen doch nicht die ersten Kunden verpassen.«

***

Sobald ich zurück in meinem Käfig bin, der heute mein Arbeitsplatz sein soll, laufe ich nervös auf und ab. Wie soll ich hier herauskommen, bevor der Club öffnet? Denn eines steht fest: Ist er erst einmal offen, gibt es kaum noch eine Chance, zu fliehen.

In meinem Leben stand ich schon mehr als einmal am Abgrund, aber hier und heute fehlt nur noch ein kleiner Anstoß, bis ich falle. Und ich kenne schon zwei Frauen hier drinnen, die mir liebend gern diesen Schubs verpassen würden. Wenn ich eines gelernt habe, ist es das: Man sollte sich keine Feindinnen hier drin machen. Nur zu dumm, dass ich diesen Punkt schon abgehakt habe.

»Na, ängstlich?« Die Stimme einer der beiden trifft mich unverhofft. Annabelle steht an den Stangen gegenüber von mir in ihrem Käfig und kaut auf einem Kaugummi herum. Ihr suchender Blick verdeutlicht mir, dass sie die Wunden an meinem Körper vermisst.

Und an oberster Stelle steht die, die sie mir vorhin zugefügt hat. Im *Silver Wings* waren wir nie sonderlich gut befreundet, aber ich hatte auch nie ein Problem mit ihr. Andersherum bin ich mir da nicht mehr so sicher. Das, was in ihren Augen flackert, kann nicht erst seit wenigen Stunden da sein.

»Was willst du, Annabelle?« Meine Stimme ist scharf wie die Klinge eines Messers. Ein Messer … ich bräuchte dringend etwas, womit ich mich verteidigen kann! Unauffällig sehe ich mich in den wenigen Quadratmetern um, finde aber nichts, was mir helfen könnte. Es gibt lediglich das Bett und eine kleine Toilettenkabine mit Klo und Waschbecken, in der man sich für die nächsten Kunden frisch machen kann.

»Gib die Suche auf. Du wirst nichts finden, womit du hier rauskommst«, zerstreut sie meine Hoffnungen. »Glaube nicht, ich hätte es nicht wieder und wieder versucht.« Sie tänzelt mit ihren dürren Fingern über die Stangen, als würde sie eine Melodie damit nachspielen wollen, die es nur in ihrem Kopf gibt.

Ihre Maske ist im Vergleich zu meiner dunkelrot, genau wie ihr Outfit. Sie trägt ein rotes Lederkleid, das kaum ihre Arschbacken verdeckt. An ihren Beinen entdecke ich mehrere blaue Flecke, einige davon müssen schon älter sein und sind fast verschwunden, andere hingegen sind frisch und sehen schmerzhaft aus.

»Es muss einen Weg geben.« Und ich werde alles dafür tun, hier rauszukommen, bevor ich auch nur einmal in diesem Käfig Sex haben muss. Als meine Mutter noch lebte, hat sie mir immer gesagt, dass es einen Ausweg aus jeder Misslage gibt. Ob sie das auch jetzt noch sagen würde, wenn sie wüsste, in welchen Schwierigkeiten ich stecke?

»Dann verschwende deine Zeit ruhig damit, ihn zu suchen. In der Zwischenzeit kannst du dich daran gewöhnen, wie es ist, wie Dreck behandelt zu werden.« In diesem Moment revidiere ich meine Worte von vorhin: Annabelles Grinsen ist genauso ketzerisch wie das von Irina. Im Grunde genommen, machen sie mir beide Angst. Die Frage ist nur, wer eher gewillt ist, mich am Boden zu sehen.

»Was ist, wenn ich mich weigere?« Ich sollte alles, nur nicht diese Frage stellen. Aber der kopflose Teil in mir ist wieder einmal schneller als der rationale. Annabelle lacht lauthals und sieht mich danach umso ernster durch die Gitterstäbe hindurch an.

»Wenn du den Boss verärgerst, könnte es übel für dich enden. Dann ist das hier im Vergleich dazu der Himmel auf Erden.« Ihre süßliche Stimme bringt mich innerlich zum Kochen. Und dann denke ich über ihre Worte nach …

»Tristan ist … tot«, flüstere ich erstickt. In den letzten Monaten habe ich immer wieder von dieser Nacht in Detroit geträumt.

Die Nacht, in der West und ich New York verlassen haben, um Ivory zu retten. Die Nacht, in der ich … mich ein Stück weit selbst verloren habe, als sich der Schuss löste.

»Und du glaubst, dass deshalb alles vorbei ist? Dass du deshalb hier rauskommst, ohne dass dir jemand eins deiner blondierten Haare krümmt?« Sie wickelt sich eine kleine Strähne um den Finger und sieht mich intensiv an.

»Dann hast du dich getäuscht, Liebes. Es braucht nur einen Ruck.« Sie umfasst die kleine Strähne jetzt mit der ganzen Hand und ihr Grinsen wird breiter. »Und schon bist du tot.« Im selben Moment zieht sie so kraftvoll an der schwarzen Strähne, dass das Haarbüschel zu Boden fällt. Sie verzieht nicht einmal eine Miene dabei, obwohl mich allein der Anblick schmerzt.

»Also, Liana. Entweder, du machst gleich die Beine für jeden Mann breit, der hier reinkommt, oder dieser Ort wird der letzte sein, den du je zu Gesicht bekommen wirst.«

KYLE

Wieso zur Hölle tue ich mir das eigentlich an? Diese Frage stelle ich mir, seit ich das Telefonat mit West beendet habe. Ich kenne den Club, in dem er gearbeitet hat, nur von Erzählungen. Erzählungen, die reichen, um zu wissen, dass ich diesen Schuppen nie freiwillig betreten würde. Nur wurde mir mein freier Wille geraubt, als er mir den Arsch gerettet hat und ich als Bezahlung seitdem in seiner Schuld stehe. Wenn ich etwas hasse, ist es das: Jemandem etwas schuldig zu sein.

Das Gebäude, in dem sich der Club befindet, beschreibt das Leben in Port Morris perfekt. Dunkle Fassade, abblätternder Putz und mit dunklen Gardinen verhangene Fenster, damit man von außen nicht sehen kann, was hinter den Wänden getrieben wird.

Dabei weiß jeder in New York, was hinter der Fassade dieses Ladens abgeht. Jeder, den ich kenne, hat schon einmal etwas vom *Golden Cage* gehört oder war bereits in ihm drin. Das Logo in Form des Käfigs prangt über der dunklen Eingangstür, und als ich die Treppen nach oben steige, lege ich mir den Plan zurecht, wie ich vorgehen werde. Als Erstes werde ich Irina suchen. West hat mir ein Foto von ihr geschickt und mir gesagt, dass sie meine erste Anlaufstelle sein muss, wenn ich Liana unter der Masse an Prostituierten finden will.

Ich frage sie nach den neuen Mädchen und lasse mich von ihr zu ihrem Käfig führen, in den ich, unter dem Vorwand, sie vögeln zu wollen, hereingehe. Und ab da muss ich es spontan angehen lassen.

Zu ihrem Glück bin ich verdammt gut darin, spontan zu sein.

Genervt ziehe ich die Maske unter der Lederjacke hervor, die ich mir vorhin noch besorgt habe, und setze sie mir aufs Gesicht.

Ich will alles, bloß nicht in die Schusslinie der Besitzer gelangen und wieder in der Scheiße landen. Für eine Frau, die ich nicht einmal kenne … Und wenn es nach mir gegangen wäre, auch nie kennengelernt hätte. Allein, dass sie eine Freundin von West ist, macht sie mir unsympathisch.

Erstaunt darüber, dass der Laden keinen Türsteher hat, stoße ich die Eingangstür auf und finde mich schon Sekunden später zwischen zig fremden und maskierten Menschen wieder.

Männer sowie Frauen – meist in mittelklassigen und ziemlich freizügigen Outfits – tummeln sich um mich herum. Im Hintergrund hört man Musik, unterstrichen wird das Ganze durch das Stöhnen der Frauen, die gerade in den Käfigen gefickt werden. Ich liebe es, Frauen in der Öffentlichkeit zu vögeln.

Ich liebe es, wenn sie meinen Namen schreien, während ich in ihnen bin. Aber nicht so. Nicht hier. Und nicht für Geld.

Unter all den Masken falle ich gar nicht auf, und so bahne ich mir meinen Weg durch den Club. Mein Blick wandert vorbei an den Käfigen, die ich mir in meinen Gedanken immer viel größer vorgestellt habe.

Ich sehe zwei Männer, die sich die rothaarige Frau in Käfig eins teilen, zwei Frauen in Käfig Nummer neun und hin und wieder Käfige, in denen die Frauen an den Gitterstäben stehen und erst auf ihre Freier warten. Einige von ihnen werfen mir eindeutige Blicke zu, die ich gekonnt an mir abprallen lasse. Die Frauen sind zum großen Teil wirklich schön, aber sie sind Nutten.

Und ich konnte Nutten noch nie viel abgewinnen.

Mein Handy vibriert, und als West mir in einer knappen Nachricht mitteilt, dass ich mich beeilen und ihm Bericht erstatten soll, würde ich ihm am liebsten den Wind aus den Segeln nehmen und die ganze Aktion abblasen. Als hätte ich nichts Besseres zu tun, als an einem Samstagabend irgendeine von seinen Huren zu retten.

Ich schlängle mich an den leicht bekleideten Damen vorbei, finde Liana auf den ersten Blick dank der Masken aber nicht. Also mache ich mich weiter auf den Weg und entdecke die Zielperson schließlich an der Bar. Irina hat langes, blondes Haar, üppige Titten und ihre langen Beine sind überkreuzt. Als ich bei ihr bin, grinst sie mich schief an.

»Du siehst aus, als hättest du nach mir gesucht?« Ihr stark russischer Akzent verrät ihre Herkunft sofort. Um den Schein zu wahren, bestelle ich beim Barkeeper einen Drink, den ich ohnehin nicht anrühren werde, und geselle mich zu der Blondine, die hier laut West die Fäden in der Hand hat.

»Man hat mir gesagt, dass Sie die Anlaufstelle sind«, antworte ich möglichst freundlich, auch wenn mir ihr plastisches Dasein nicht gefällt. Alles an ihr schreit nach Unnatürlichkeit.

»Kommt darauf an, wofür.« Sie klopft auf den freien Hocker neben sich, auf den ich mich niederlasse. Ihre Finger fahren über das Leder meiner Jacke und ihre gierigen Blicke sprechen Bände. Sie ist keine Hure, aber sie würde es in diesem Moment gern sein, weil sie mich will. Nur doof, dass ich ihr rein gar nichts abgewinnen kann.

»Ich war schon öfter hier, aber irgendwie hat mir die Auswahl nie wirklich gefallen«, bluffe ich. »Ich suche etwas Neues.« Irina ist die Einzige im Club, die keine Maske trägt und sticht damit deutlich aus der Menge heraus. Ihre rot lackierten Finger fahren weiter über meine Jacke, hoch zum Kragen. Sie begafft mich, als wäre ich ein verdammtes Kunstwerk in einem Museum.

»Dann ist heute dein Glückstag, mein Hübscher.« Was sie wohl von Russland hierhergetrieben hat? Ich kann mir definitiv etwas Besseres vorstellen, als hier in diesem Schuppen zu versauern. Im Hintergrund höre ich immer wieder das Stöhnen der Frauen und das gepresste Keuchen der Kerle.

»Ist es das?« Meine Augen sehen direkt in ihre blauen, und für einen Moment sieht sie mich nur grinsend an. Dann packt sie mich am Ärmel und führt mich von der Bar weg. Mit langen aber eleganten Schritten tänzelt sie durch die Leute hindurch, während ich ihr hinterhertrotte.

»Ist es. Komm mit.« Gemeinsam mit Irina betrete ich wieder den Bereich, in dem die Käfige stehen, sodass die Geräusche erneut lauter werden. Der Weg lichtet sich sofort, als wir den Gang betreten. So als wäre die Frau an meiner Seite der verfickte Messias, dem alle Platz machen.

»Wir haben gestern eine neue Frau reinbekommen. Ich bin mir sicher, dass sie dir gefallen könnte. Sie hat einen ganz besonderen … *Biss*.« Ihre Lippen kräuseln sich zu einem Lächeln, das ich ihr nicht abkaufe.

»Dann bring mich zu ihr.« Ich erwidere ihr Lächeln. Ob sie mir glaubt? Keine Ahnung. Aber für mich zählt im Moment ohnehin nur eins: diese Frau aus dem Club herauszuschaffen, ohne dabei meinen Kopf zu verlieren.

LIANA

Sobald die ersten Kunden in den Club kommen, stülpt sich mein Magen über. Schnell renne ich in die Kabine, um mich in der Toilette zu übergeben, aber mehr als ein trockenes Würgen kriege ich nicht heraus. Ich falle auf die nackten Knie und schließe die Augen.

Einfach atmen, Liana.

Ich muss nur atmen.

Aber wie, wenn hier drin alles nach Sex stinkt? Nach Männern, die sich an uns im Beisein aller anderen Menschen hier bedienen wie bei einem Büffet? Wieder habe ich das Gefühl, mich übergeben zu müssen, bekomme aber außer einem Keuchen nichts heraus. Tränen brennen in meinen Augen und mein Rachen fängt in Sekundenschnelle Feuer.

Unsicher stehe ich auf und bereue sofort, die Kabine verlassen zu haben, als ich einen Mann vor meinem Käfig stehen sehe. Neben seinem schwarzweiß karierten Hemd trägt er eine am Bauch zu enge, schwarze Hose und das schleimigste Grinsen auf dem Gesicht, das ich je an einem Menschen gesehen habe. Nur Tristans Grinsen konnte diesem hier das Wasser reichen. Im *Silver Wings* habe ich viele Männer berührt, die ich unter normalen Umständen nie angefasst hätte, wenn sie mir nicht ordentliche Bezahlungen angeboten hätten. Aber dieser Kerl vor mir widert mich regelrecht an.

Seine Halbglatze glänzt unter dem Licht der billigen Kronleuchter, und als er den Kopf schief legt und sich über die Lippen leckt, schaudert es mich. Man sieht ihm genau an, was ihm durch den Sinn geht. Man sieht, wonach er lechzt, und das bin ich.

Instinktiv rutsche ich zurück, bis ich mit dem nackten Rücken gegen die kalte Wand stoße. Der Mann hält einen Schlüssel bei sich, mit dem er jetzt zur Tür geht, sie langsam aufschließt und mit langen Schritten auf mich zukommt. Vor meinem Käfig tummeln sich ein paar andere Männer, die sich aber noch nicht für mich zu interessieren scheinen. Viel zu sehr sind sie damit beschäftigt, Annabelles Show gegenüber von mir zu genießen.

Ich erkenne ihr Stöhnen, weil ich aus dem *Silver Wings* noch genau weiß, wie es klingt. Ich weiß, wie ihre Stimme abbricht, wenn sie kommt. Und wie sie klingt, wenn sie dem Kunden nur etwas vorspielt. In diesem Moment ist Letzteres der Fall. »Du bist neu hier.« Wenn ich dachte, dass sein Grinsen das Schlimmste an ihm ist, habe ich mich getäuscht. Seine Stimme ist weitaus angsteinflößender als der Rest an ihm. Ich presse die Beine zusammen – vielleicht als Schutzmechanismus –, vielleicht, um mir vor Angst nicht in die Hose zu machen.

Normalerweise habe ich keine Angst vor dem anderen Geschlecht. Normalerweise weiß ich aber auch, dass West da ist, um auf mich aufzupassen, wenn ein Mann meiner Meinung nach zu weit geht.

Aber der ist am anderen Ende des Kontinents und hat keine Ahnung, wo ich bin. Ob sie schon nach mir suchen? Ob sie schon wissen, wie kurz ich vor dem Abgrund stehe? Sicher nicht. Woher auch?

»Du kommst mir ganz gelegen. Wie ist dein Name, meine Hübsche?« Während er mit mir spricht, öffnet er seinen mattschwarzen Gürtel und wirft ihn zur Seite. Neue Schauder überkommen mich, die ich nicht abwimmeln kann.

»Liana«, antworte ich, um irgendwie Zeit zu schinden. Vielleicht kommt mir noch der Geistesblitz, wie ich hier rauskommen soll, wenn ich ihn lange genug hinhalte. Mittlerweile ist auch sein Hemd offen, sodass ich seinen behaarten Bauch sehen kann.

Der Kerl packt mich bei der Hand und dreht mich in seinen Armen, sodass mein Rücken seine nackte Haut berührt. Sein Atem geht stoßweise und man hört, wie erregt er ist. Neben der Tatsache, dass man es unter seiner Hose deutlich spüren kann, wie sehr er mich will.

»Du hast einen hübschen Mund, Irina hat nicht zu viel versprochen. Mit dem kannst du sicher einiges anstellen.« Seine Hände gleiten zu meinen Brüsten, und gerade, als ich sie von mir wegschlagen will, wird der Schleimbolzen von mir gerissen. Panisch drehe ich mich um und sehe, wie jemand den Kerl in die Toilettenkabine stößt. Ob das West ist? Ist er hier, um mich zu holen?

»Fass sie noch einmal an, und dein Hirn wird die Wand schmücken, ist das klar?« Meine Hoffnung erlischt sofort. Die Stimme gehört nicht West. Der maskierte Mann presst den Fettsack gegen die Fliesen, die Hand an seiner Kehle, sodass seine Beine leicht vom Boden abheben und er wie ein Insekt auf dem Rücken strampelt.

»Ob du das verstanden hast?« Derweil stehe ich zitternd inmitten meines Käfigs und kann nur zusehen, wie der Fremde dem Kunden die Farbe aus dem Gesicht drückt. In der nächsten Sekunde rauscht die Faust in sein Gesicht und sein Blut schmückt den Boden, genau wie seine Lippen, die vom Blut benetzt sind.

»Wer zur Hölle bist du?«, keucht er und tritt um sich – ohne Erfolg. Mein Blick wandert zwischen meinem Retter und den Menschen draußen hin und her, doch zu meinem Glück ist das Stöhnen der Frauen um uns so laut, dass niemand auf mich und das Geschehen hier drinnen achtet. Vermutlich kommt es hier häufiger vor, dass Fäuste auf Knochen treffen. Es interessiert niemanden, was sich in den Käfigen abspielt, solange die Bezahlung stimmt.

Im nächsten Moment kann ich im Augenwinkel sehen, wie der Fremde den Mann zu Boden stößt, den Toilettendeckel anhebt und den Glatzkopf eintaucht. Keuchend holt er Luft, als er ihn wieder hochzerrt. Das Wasser tropft den ganzen Boden voll, und bevor er etwas sagen kann, ist er wieder unter Wasser und verstummt.

Unfähig, mich zu rühren, stehe ich in meinen hohen Schuhen und den knappen Dessous da und sehe ihm dabei zu. Wer zur Hölle ist dieser Mann und was hat er davon, mich zu retten? Ich sehe seine breiten Schultern unter der Lederjacke, die schwarze Maske auf seinem Gesicht, und die muskulösen Arme, mit denen er den Mann im Griff hat wie ein Puppenspieler seine Marionette.

Noch ehe ich länger darüber nachdenken kann, packt mich der Fremde bei der Hand und hält mir die freie vor den Mund. »Benimm dich unauffällig.« Seine Stimme ist dunkler als jede, die ich bis jetzt gehört habe. Sein Händedruck fester, als ich je von einem Mann bei der Hand gepackt wurde.

Mit großen Schritten ist er bei der Tür, die er langsam öffnet und mich nach draußen in die Menge bugsiert. Da die meisten Frauen ähnlich leicht bekleidet sind, falle ich in meinem Outfit kaum auf. Alle tragen Masken … und so finden wir uns zwischen zig Menschen wieder, ohne jemandem aufzufallen.

Der Mann lässt meine Hand nicht los, und erst, als wir Irina in der Menschenmenge entdecken, die auf uns zukommt, packt er mich noch fester und schiebt mich mit sich in eine dunkle Ecke zwischen zwei Käfigen.

Mein Herz schlägt mir bis zum Hals und alles dreht sich. Sein warmer Körper gibt mir Halt, und ohne dass ich es will, falle ich gegen ihn und schmiege mich in seine Arme. Obwohl ich keine Ahnung habe, wer dieser Mann vor mir überhaupt ist und was seine Intention ist. Wieso er mich hier rausholen will und wer ihn geschickt hat. Ich blicke auf und treffe auf hellgraue Augen, die mich starr mustern. Um uns herum läuft das Leben des Clubs weiter.

Man hört das Stöhnen, das Keuchen, das Aneinanderschlagen von Haut. Die Absätze von High Heels und das Geräusch, wenn Leder auf nackte Körper trifft. Sofort schaudert es mich.

Wir stehen immer noch dicht an dicht in diesem toten Winkel, und gerade, als ich etwas sagen will, stoppt der Fremde meine Worte mit einem Kuss. Ohne darüber nachzudenken, was ich hier eigentlich tue, lasse ich es geschehen.

Lasse zu, dass seine weichen Lippen meine berühren und sich sein Körper noch dichter an meinen schiebt. Hinter mir höre ich Irinas Stimme. Ich würde sie unter allen hier im Club sofort erkennen, obwohl ich sie bis zu diesem Tag noch nic gehört habe. Manche Menschen brennen sich in dein Gedächtnis, ob du willst oder nicht. Und sie wollte ich bei Gott nie kennenlernen.

Weil ich unter keinen Umständen von ihr erkannt werden und zurück in meinen Käfig gebracht werden will, spiele ich die Show des Fremden mit. Meine Hände wandern in sein dunkelblondes Haar und mein Unterleib presst sich gegen seinen Schritt.

Er riecht gut.

Und zu meinem Bedauern schmeckt er sogar noch besser … nach Freiheit. Alle möglichen Gefühle überkommen mich, die ich in den letzten Jahren schlicht vor mir verschlossen habe. Ich habe seit Jahren niemanden mehr geküsst, weil ich es wollte. Sondern immer nur, weil es mein Portemonnaie gefüllt hat und es mein Job war. Und auch dieser Kuss hier dient lediglich einem Zweck. Dem, nicht erkannt zu werden.

Unsere Zungenspitzen streifen sich, als ich den Mund zu einem Spalt öffne, und ehe ich den Kuss intensivieren kann, hat er sich bereits von mir gelöst und mich zurück auf den Boden der Tatsachen gestoßen. Unter der schwarzen Maske wirken seine grauen Augen durch den Kontrast beinahe gefährlich.

»Wer bist du?« Die Frage kommt flüsternd über meine Lippen, und auch wenn es hier drin laut ist, weiß ich, dass er mich gehört haben muss. Seine Augen antworten, aber ich spreche ihre Sprache nicht. Ich weiß, dass er mich geküsst hat, um Irina nicht auf uns aufmerksam zu machen.

Aber ein irrsinniger Teil in mir wünscht sich, dass es einen anderen Grund dafür gegeben hätte. Was völlig albern ist, da ich ihn nicht einmal kenne.

Wer sagt mir, dass er nicht noch schlimmer ist als alle anderen Männer hier im Club? Wer versichert mir, dass er hier ist, um mich zu retten, und nicht, um mich an einen noch schlimmeren Ort zu bringen? Aber gibt es einen schlimmeren Ort als diesen? Bis jetzt habe ich keinen schlimmeren kennengelernt.

Der Mann, der mich immer noch dicht bei sich hält, antwortet nicht. Stattdessen sieht er über meinem Kopf hinweg nach, ob die Luft rein ist, und zerrt mich anschließend mit schnellen Schritten über den Flur. Vorbei an den anderen Käfigen, in denen sich die Frauen verkaufen und die Männer sich für viel Geld das nehmen, was sie zu Hause nicht bekommen.

Ich stolpere über die hohen Schuhe, gebe mir aber Mühe, Schritt zu halten, ohne zu viel Aufmerksamkeit auf uns zu ziehen. Zu meinem Glück sind die meisten Menschen damit beschäftigt, das Treiben in den Käfigen zu beobachten und sich darauf einen runterzuholen, bis sie an der Reihe sind.

Sobald wir an der frischen Luft sind, halte ich den Atem an und sehe mich immer wieder um, aus Angst, erwischt zu werden.

Und ich atme erst wieder aus, als mich der Mann zu einem schwarzen Van abseits des Eingangs führt, die Tür öffnet und mich herrisch hereinschiebt. Ich sollte Panik haben, weil ich nicht weiß, wer dieser Mann ist und wohin er mich bringt ... aber in diesem Moment will ich einfach nur weg und nie wieder zurückkommen.

KYLE

Das Motorengeräusch meines Chevrolets übertönt sonst alles, aber in diesem Moment ist das, was ich am allerstärksten wahrnehme, die schwere Atmung der Frau neben mir. Noch immer checke ich nicht, wieso ich mich auf den Deal eingelassen habe. Abwechselnd zur Straße blicke ich in den Rückspiegel, um zu kontrollieren, ob uns jemand auf den Fersen ist, kann aber niemand Verdächtiges entdecken.

»Verfolgt sie uns?« Lianas Stimme ist weicher, als man bei ihrem Aussehen vermuten würde. Wir tragen immer noch unsere Masken. Nervös rutscht sie auf dem Ledersitz hin und her, immer wieder den Blick hinter sich gerichtet.

»Nein.« Mehr gibt es dazu nicht zu sagen. Ich weiß, wie es ist, verfolgt zu werden. Und die Autos hinter unseren scheren sich definitiv einen Dreck um uns. Erleichtert lässt sie sich in ihren Sitz fallen, spannt sich aber Sekunden später schon wieder an. Als wäre ihr erst jetzt eingefallen, wo zur Hölle sie ist. Und mit wem. Vermutlich hat der Kuss ihre Wahrnehmung verschleiert und langsam lichtet sich ihr Blick.

»Willst du mir nicht endlich sagen, wer du bist?« Der forsche und leicht zickige Unterton in ihrer Stimme passt nicht zu dem, was eben passiert ist. Immerhin habe ich sie aus diesem Schuppen herausgeholt, bevor sie einer anfassen konnte. Sie müsste vor mir auf die Knie fallen. Meine Lippen prickeln noch von dem Kuss, der lediglich der Ablenkung diente. West hat mir gesagt, dass ich alle Maßnahmen ergreifen muss, um sie da rauszuholen. Also habe ich alle Maßnahmen ergriffen, die notwendig waren.

Unter anderen Umständen hätte ich das kleine Techtelmechtel zwischen den Käfigen als Abenteuer empfunden, das ich freudig begrüßt hätte. Aber allein in der Nähe dieses Clubs zu sein, könnte für mich zum Verhängnis werden. Und all das für dieses Püppchen neben mir, das die Dankbarkeit nicht mit Löffeln gefressen hat.

»Reicht es dir nicht, dass ich dich da rausgeholt habe?«, murmle ich und beschleunige, sobald wir eine weniger befahrene Straße erreicht haben. Liana krallt sich prompt in den Sitzen fest, als hätte sie echt Angst, ihr könnte hier in meinem Auto etwas zustoßen. Dabei ist mein Auto vermutlich in diesem Moment der sicherste Ort für sie. Niemand im *Golden Cage* kennt mich.

Niemand weiß, wer ich bin und was ich mit ihr vorhabe. Irina kennt nicht einmal meinen Namen. Und selbst, wenn sie mich danach gefragt hätte, hätte ich ihr sicher nicht meinen richtigen genannt. Sie entspannt ihre Fingerknöchel erst, als sie sich an das Tempo gewöhnt hat.

»Wieso sollte ich dir trauen? Du stolzierst einfach in meinen Käfig, packst mich, zerrst mich in eine dunkle Ecke, um mir deine Zunge in den Hals zu schieben, und verfrachtest mich jetzt in dein Auto. Ein Auto, das bekannt dafür ist, dass man Leichen darin transportiert. Ich weiß noch nicht einmal, wie du heißt oder wo du herkommst!« Sie redet sich in Rage, und ich kann innerlich nur die Augen verdrehen. Ich sollte am Straßenrand anhalten, sie rauswerfen, West sagen, dass die Aktion gescheitert ist, und nach Hause fahren.

Aber ich weiß leider zu gut, dass dieses Haus dann nicht mehr allzu lang mein Zuhause wäre. Also ignoriere ich den Wunsch, sie auszusetzen, und schlucke alles herunter. Ihr Duft verpestet das Innere des Wagens, seit wir eingestiegen sind. Sie riecht für meinen Geschmack viel zu aufdringlich, aber was will man von einer Frau aus dem *Golden Cage* auch erwarten? Das Einzige, was die Betreiber wollen, ist, ihren männlichen Kunden den Verstand zu rauben, damit sie ihre ganze Kohle dalassen.

Aber nicht mit mir.

Stell Taylor Swift nackt vor meinen Schwanz und ich zucke nicht mal mit der Wimper.

»Hörst du mir zu? Ich will wissen, wieso ich dir trauen sollte. Ich kenne dich nicht«, schiebt sie jetzt deutlich energischer hinterher. Gott, die Kleine hat sicher Haare auf der Zunge. Ein Grund mehr, wieso ich die Finger von ihr lassen werde. Genervt biege ich in das Wohngebiet ein, in dem ich seit mehreren Monaten hause, und knirsche mit den

Zähnen. Es ist schon mitten in der Nacht, die Nachbarn sind alle bereits am Pennen und so brennt nirgendwo mehr Licht.

»Kannst du nicht. Aber was bleibt dir anderes übrig?« Dieses Mal werfe ich einen flüchtigen Blick auf sie. Außer ihrem Spitzeneinteiler trägt sie nichts. Dass ihre Titten gemacht sind, habe ich schon auf dem Foto erkannt.

Sie sieht gut aus. Vermutlich viel besser, als ich mir eingestehen will. Auch wenn mir ihre roten Haare irgendwie besser gefallen haben. Mit dem Blond sieht sie auch bloß wie eines der anderen Püppchen im Club aus, von denen ich schon in zehn Minuten alles gesehen habe, was es zu sehen gibt. Ich konnte noch nie verstehen, wie Frauen sich so verkaufen können.

»Du hast dir die Haare gefärbt«, versuche ich, vom Thema abzulenken. Liana dreht sich in meine Richtung, ihre helle Haut bildet den perfekten Kontrast zum schwarzen Leder meines Wagens. Ich wusste gar nicht, wie gut sich eine Frau in meinem Auto machen kann.

»Woher wusstest du überhaupt, wie ich aussehe?« Eine Frage, die sie meiner Meinung nach schon zu Beginn hätte stellen sollen. Aber die Kleine war viel zu stark mit ihrem Misstrauen in mich beschäftigt. Kann ich es ihr verübeln? Eigentlich nicht. Aber ich hätte sie sicher nicht aus dem Schuppen geholt, wenn es nicht notwendig gewesen wäre.

»Dein Freund hat mir ein Foto von dir geschickt.« Wie ich sie trotz der Maskierung und der falschen Haarfarbe sofort erkennen konnte? Ich habe keinen blassen Schimmer.

Aber als Irina mich zu ihrem Käfig geführt hat, wusste ich, dass ich richtig sein muss. West hat mir gesagt, dass sie seit Kurzem vermisst wird und diese Frau kam gestern als neue Ware in den Club. Jeder normale Mensch hätte eins und eins zusammengezählt.

»Mein Freund? Wer hat dich geschickt?« Wieder überschlagen sich ihre wenigen Worte fast. Hätte West mich nicht warnen können? Damit ich weiß, womit ich es in nächster Zeit zu tun habe?

Weil ich nicht antworte, wird sie unruhig. Währenddessen erreichen wir fast das Ende der Siedlung. Alles ist still, nur im letzten Haus auf der rechten Seite brennt noch Licht.

Ob Liza auf uns wartet? Als ich ihr von dem Auftrag erzählt habe, ist sie vor lauter Begeisterung nicht unbedingt an die Decke gegangen. Viel eher hatte ich das Gefühl, dass sie sich Sorgen um mich gemacht hat. Ich gebe noch mal Gas, sodass der Motor aufheult.

»Ich traue dir nicht«, wiederholt sie das, was sie mir schon von Beginn an mitteilen wollte. Weil meine Nerven auch nur bis zu einem gewissen Grad strapazierbar sind, donnere ich auf die Einfahrt, halte den Wagen an und ziehe den Schlüssel. Anschließend beuge ich mich über Liana und sehe ihr direkt in die katzenhaften Augen. Je dichter ich ihr komme, desto penetranter wird auch ihr Geruch.

»Du kannst mir nicht trauen«, knurre ich sie an und sehe die Gänsehaut an ihrem Körper. »Aber wäre ich nicht gekommen, um deinen nackten Arsch aus diesem Club zu kriegen, wäre der Kerl jetzt schon in dir. Willst du, dass ich dich zurückbringe? Willst du wirklich zurück in diesen verfickten Käfig, Liana? Sag mir -« Ich atme heftig ein und aus.

»Willst du so enden wie die anderen Mädchen?« Ihre Augen weiten sich und ihr Atem geht schnell und flach. Das ist der Zustand, in dem ich sie haben will. Sie muss wissen, dass sie mir nicht mehr als nötig auf die Eier gehen sollte, wenn sie nicht zurück in dieses Loch will.

»Nein«, ist ihre ehrliche Antwort. Sie will weiterhin taff wirken, aber ihre Fassade bröckelt unter der schwarzen Maske bereits. Und ich liebe es, dass sie dadurch weiß, womit sie es hier zu tun hat. Mit wem sie es zu tun hat.

»Gut. Dann halt jetzt deinen hübschen Mund, sei dankbar, und hör auf, mich zu nerven.« Mit diesen Worten stoße ich die Tür auf, steige aus und knalle sie hinter mir wieder zu. Anschließend stapfe ich über die Einfahrt in Richtung Haus ... Erst glaube ich, dass sie im Auto sitzen bleibt. Bis ich schließlich ihre Absätze höre, die mir zeigen, dass sie mir folgt.

Und als ich die Haustür aufschließe, kann ich mir aus unerfindlichen Gründen ein Lächeln nicht verkneifen ... Ein Lächeln auf den Lippen, die immer noch nach ihren schmecken. *Dünnes Eis, Kyle. Ganz dünnes Eis ...*

LIANA

Der sture Teil in mir würde am liebsten im Wagen sitzen bleiben, ihn irgendwie kurzschließen und abhauen. Aber dann wird mir meine Misere erst richtig bewusst. Ich habe keine Tasche, kein Handy, kein Geld, und in dem Outfit wäre ich schneller das Opfer einer Vergewaltigung, als ich A sagen kann.

Es widerstrebt mir, diesem Arschloch zu folgen, aber etwas anderes bleibt mir nicht übrig. Hätte er mir etwas antun wollen, hätte er mich direkt um die Ecke bringen können. Aber er hat nichts getan. Stattdessen hat er mich hier her geschleift und mir diese alberne Ansage gehalten.

Widerwillig reiße ich die Wagentür auf und steige aus, um ihm zu folgen. Er hat mittlerweile die Haustür geöffnet, und einen Moment lang betrachte ich das Gebäude. Die Wohngegend ist solide, alles besser als jedes Haus in Port Morris. Der Garten ist etwas ungepflegt, aber alles in allem macht das Haus einen vernünftigen Eindruck. Es sieht nicht aus, als würde er hier Frauen herbringen, um sie im Keller zu zerstückeln … aber welchem Haus sieht man das schon an?

Ich schlinge die Arme um den halb nackten Oberkörper und gehe ihm nach, die Treppen hinauf und rein in das Haus, das mich sofort mit angenehmer Wärme empfängt. Im Flur brennt sanftes Licht, drei Räume gehen von ihm ab. Ein Wohnzimmer gegenüber von mir, in dem noch der Fernseher läuft und die nächtlichen News spielt, und zwei Räume mit verschlossenen Türen.

»Und wie soll es jetzt weitergehen?« Ich will nicht mit dem Kerl reden, geschweige denn hier bei ihm hausen. Und als er, ohne mir zu antworten, eine der verschlossenen Türen ansteuert, sinkt meine Lust ins Unermessliche. Wie ein begossener Pudel laufe ich ihm nach, und dabei laufe ich nie jemandem nach! Er öffnet die zweite der Türen und deutet mit dem Kopf ins Innere.

»Da kannst du erstmal schlafen.« Noch immer tragen wir die Masken aus dem Club. Ich für meinen Teil habe so das Gefühl, weniger nackt zu sein. Aber er? Mein Blick wandert über das spannende Shirt an seiner Brust, über die Lederjacke und hoch zu seinem Gesicht. Selbst hinter dem schwarzen Stoff kann man die Ungeduld sehen.

Ich kratze meine letzte Beherrschung zusammen und husche ins Zimmer herein, auch wenn es mich eher zurück nach draußen in die Nacht zieht. Es ist recht klein, dafür aber gemütlich eingerichtet. Etwas steril, aber in welcher Position bin ich, dass ich Ansprüche stellen könnte? Der Kerl nimmt mich hier bei sich auf, und ich weiß immer noch nicht, wieso eigentlich. Niemand hat ihn dazu gezwungen … oder?

»Du hast gesagt, dass dich ein Freund geschickt hat. Wer ist es?« Innerlich weiß ich, dass es West sein muss. Welche anderen Freunde habe ich schon? Die Kollegen aus dem Club werden sicher einen Teufel tun, und mich suchen lassen. Immerhin können sie sich so in meiner Abwesenheit meine Kunden unter die Kunstnägel krallen. Sie waren schon immer eifersüchtig, weil ich von allen *Reds* die größte Stammkundschaft hatte.

»Dreimal darfst du raten. Wem sollte eine Nervensäge wie du schon wichtig sein?« Ich balle die Hände zu Fäusten, und bin tatsächlich gewillt, ihm seine Worte aus dem Mund zu schlagen. Es ist eine Sache, dass er keine Lust hat, mich zu beherbergen. Aber eine andere, mich wie Abschaum zu behandeln, obwohl er mich nicht kennt. Ich habe seinen Blick sofort richtig gedeutet: Er sieht mich nicht als Frau, sondern als Nutte an. Und auch wenn ich, im Grunde genommen, nichts anderes bin, steckt so viel mehr in mir, was dieser Trottel nicht weiß.

»West.« Der Kerl, dessen Namen ich nach wie vor nicht kenne, nickt bloß. Innerlich will ich vor ihm auf die Knie fallen, weil er mich vor dem Abgrund gerettet hat, aber mein Stolz ist zu groß, als dass ich dieses Verhalten einfach hinnehmen könnte. Hätte er mich nicht wenigstens wie ein Gentleman befreien können anstatt wie ein Neandertaler? Noch jetzt schmecke ich ihn auf meiner Zunge und der Wunsch, mir die Zähne zu putzen, wird immer größer. Ich will einfach alles von mir waschen, was mich an die letzten Stunden erinnert.

»Und was ist Wests Plan? Dass ich hier bei dir wohne, obwohl ich dich nicht kenne?« Mein schnippischer Unterton lässt den Mann nur die Augen unter der Maske verdrehen. Im nächsten Augenblick ist er schon bei mir, seinen Duft habe ich bereits im *Golden Cage* allzu deutlich vernommen, jetzt vernebelt er wieder meine Sinne.

Im Haus ist es bis auf den Fernseher still und fast komme ich mir vor wie in einem verlassenen Gebäude nach einer Zombieinvasion. Das Haus, in dem man Unterschlupf sucht, wenn man den Untoten draußen begegnet. Aber ich würde jeden Menschen an meiner Seite haben wollen, nur nicht diesen arroganten Kerl vor mir.

»Hör mir zu -« Seine Worte kommen bedrohlich über seine Lippen, und in Anbetracht seiner Größe und Schwere weiche ich instinktiv zurück. Er deutet meinen Rückzug direkt richtig, legt aber die Stirn in Falten. »Hast du etwa Angst vor mir?«

Bis eben war alles, was seinen Mund verlassen hat, spöttisch. Aber jetzt ist es anders. Ich zucke mit den Schultern und versuche wieder, meinem Körper Wärme zu geben, indem ich die Arme um mich schlinge. Habe ich Angst? Ich weiß nicht, wie ich das seltsame Gefühl in meinem Inneren beschreiben soll. Es gab nur eine Nacht, in der ich etwas Vergleichbares in mir gefühlt habe … und diese Nacht verfolgt mich seit Monaten immer wieder. Einen Moment lang schließe ich die Augen, um meine Kontrolle wieder zu gewinnen. Wenn ich vor ihm Schwäche zeige, werde ich bloß angreifbar, und das ist das Letzte, was ich will.

»Glaubst du, ich habe dich hergeholt, weil ich nichts Besseres zu tun habe?« In Sekundenschnelle ist die scheinbar nette Ader an ihm wieder verschwunden, vor mir steht jetzt erneut derselbe Arsch, der mir im Auto gedroht hat, mich zurück ins *Golden Cage* zu bringen, wenn ich nicht meinen Mund halte.

»Ich weiß nicht, wieso du was tust. Falls du es vergessen hast: Ich kenne dich nicht.« Einen Moment lang stehen wir einfach nur stumm voreinander, der Abstand zwischen uns ist deutlich kleiner als zuvor. Und weil ich es nicht länger aushalte, im Dunkeln zu tappen, hebe ich meine Arme, greife unter seine Maske und werfe sie zu Boden, ohne dass er sich dagegen wehrt. Was ich in dem Moment bereue, in dem ich den Mann vor mir wiedererkenne.

»Gott! Du?« Knurrend stoße ich ihn von mir weg und könnte mir in den Hintern beißen, dass ich ihn nicht sofort erkannt habe. Ich hätte wissen müssen, dass es nur einen Mann geben kann, der so unverschämt ist.

70

»Ich?« Der Kerl erkennt mich also nicht einmal! Mit dem Finger zeige ich auf ihn, was ihn nicht die Bohne zu interessieren scheint.

»Du bist dieses ungehobelte Arschloch vom Flughafen, das nicht mal die Manieren hatte, sich zu entschuldigen!« Ich erinnere mich zu gut daran, wie ich ihm in die grauen Augen gesehen habe und für einen Moment wie weggetreten war. Der Kerl mustert mein Gesicht eine Weile, bevor er einen Mundwinkel spöttisch nach oben zieht.

»Soweit ich mich erinnere, bist du gegen mich gerannt, ohne dich zu entschuldigen«, kontert er und verengt die Augen zu Schlitzen. Gott, wie konnte ich diese Augen nicht sofort erkennen? Ich habe noch nie in meinem Leben eine vergleichbare Farbe gesehen, selbst die Augen von West stinken dagegen ab. Die des Mannes vor mir sind hellgrau, fast durchsichtig. Nur der schwarze Rand grenzt die Iriden deutlich ab.

»Ich kann es nicht fassen. Musste West ausgerechnet das größte Arschloch der Welt für meine Rettung engagieren? Der Typ hatte schon immer ein Händchen für Fettnäpfchen!« Murmelnd sehe ich mich im Raum um und versuche, einen Plan auszuhecken, wie ich hier rauskomme, ohne mich draußen wieder in Gefahr zu bringen.

Auf keinen Fall will ich diesem Vollidioten zur Last fallen. Und seine Blicke sagen mir eindeutig, dass er sich auch etwas Besseres vorstellen kann. Verübeln kann ich

71

es ihm nicht, aber mein Stolz ist trotzdem verletzt. Bevor jemand von uns noch etwas sagen kann, ertönt eine Frauenstimme im Flur. Sofort werde ich hellhörig.

»Kyle?« Und so schnell bekommt der Mann vor mir einen Namen. Einen, der meiner Meinung nach viel zu gut zu ihm passt. Er ignoriert die Frau, die nach ihm ruft, stattdessen kommt er dichter an mich heran, so als hätte er sie gar nicht gehört und wäre hier mit mir in einer Blase gefangen.

Sein Blick wandert über mein sicher katastrophales Gesicht, hinab zu meinem Körper, der immer noch in diesem Hauch von Nichts steckt. Jede Faser will dieses Teil einfach loswerden und vergessen, wieso ich es anhabe, aber ich habe schließlich keine Klamotten hier. Kyles Augen sehen wieder in meine, sein Kiefer ist angespannt.

»Ich tue West hier einen Gefallen. Ich mache das nicht für dich, verstanden? Aber wenn du mich weiter nervst, dann kannst du sehen, wo dein nackter Arsch bleibt.« Ohne meine Antwort abzuwarten, die ich gerade in meinem Kopf sortieren will, dreht er sich um und stapft davon, genau wie am Flughafen.

Das Zuschlagen der Tür lässt mich am ganzen Körper zusammenfahren. Wo zur Hölle bin ich hier gelandet? Und was zum Teufel hat West sich dabei gedacht, mich zu ihm zu schicken? Leiser werdendes Gemurmel im Flur verdeutlicht mir, dass sich die beiden entfernen.

Während ich mich rücklings auf das weiche Bett fallen lasse und nur ein Wort an die Decke speie. »Arschloch.«

KYLE

»Wer ist diese Frau eigentlich?« Liza hat sich mittlerweile ein Kleid angezogen. Als ich das Haus verlassen habe, war sie wie immer fast nackt. Ich spüre die Anwesenheit dieser Nervensäge immer noch auf mir, und das, obwohl ich den Raum längst verlassen habe. Ich packe Liza bei der Hand und führe sie ins Wohnzimmer, Hauptsache, weg von dieser Frau, die mir schon nach wenigen Minuten gehörig auf den Zünder geht.

»Jemand, den wir für ein paar Nächte hier dulden müssen. Aber keine Sorge, sie wird nicht lange bleiben.« Entweder, sie packt freiwillig ihre nicht vorhandenen Sachen oder ich bringe sie dazu.

Liza sieht unglücklich aus, und ich bin mir sicher, dass es nicht an der Tatsache liegt, dass Liana eine Frau ist. Platz für Eifersucht hatten wir in unserer ‚Beziehung' noch nie. Ob sie weiß, dass ich sie geküsst habe? Die Frau vor mir hat ein Gespür für solche Dinge, aber wenn sie es merkt, behält sie es für sich.

»Was, wenn sie wirklich in Gefahr steckt? Dann hast du die Gefahr gerade in unser Haus geholt.« Ihre Augen funkeln, aber dieses Mal nicht vor Verlangen, sondern aus Angst. Ich nehme sie in die Arme und sie lässt sich dankbar gegen mich fallen. Ich bin kein ängstlicher Mensch, aber ich kann ihre Gedankengänge nachvollziehen.

Mit diesem Laden ist nicht zu spaßen, umso wütender macht es mich, dass er mich in diese Lage gebracht hat. Wenn ich könnte, würde ich einfach die Zeit zurückdrehen und alles anders machen. Hauptsache, ich lande nicht in dieser Situation, in der ich jetzt stecke.

»Du weißt, dass ich es West schuldig bin.« Im Hintergrund berichtet die Frau im Fernsehen von einem schweren Raubüberfall, ganz in der Nähe von uns, aber das ist es nicht, was Liza Angst einjagt. Das Klingeln meines Handys lässt mich den TV und die zitternde Frau in meinem Arm vergessen, und nur genervt nehme ich das Gespräch an.

»Kannst du mich nicht mal für eine Stunde in Ruhe lassen?«

Gott, dieser Mistkerl.

»Hast du sie?«

»Habe ich.«

Ein erleichtertes Seufzen am anderen Ende der Leitung ertönt, im Hintergrund höre ich das Schreien der Babys. Wie konnte er nur so dumm sein und in seiner Situation Kinder in die Welt setzen? Als hätte er nicht schon ohne sie genug Scheiße an der Backe. »Ist euch jemand gefolgt?« Das Schreien der Bälger nimmt nicht ab, was meinem ohnehin bestehenden Kopfschmerz nicht unbedingt Abhilfe verschafft. Liza löst sich aus meinen Armen, gibt mir einen Kuss auf die Wange, und geht anschließend die Treppe nach oben, ohne noch etwas zu sagen.

»Soweit ich weiß, nein. Deine Freundin sollte vorerst in Sicherheit sein. Aber wie soll es jetzt weitergehen? Ich werde sie nicht ewig hier hausen lassen«, stelle ich meinen Standpunkt direkt klar, damit er nicht auf die Idee kommt, mein schlechtes Gewissen bis aufs Letzte auszureizen.

»Ich komme so schnell es geht nach New York. Aber den Kindern geht es seit gestern schlecht und ich kann Ivory nicht alleine lassen.« Man hört ihm an, wie schwer es ihm fällt, nicht sofort in den nächsten Flieger zu steigen.

Ehrlich gesagt, wusste ich nicht einmal, dass West Cotrell Freunde hat, um die er sich sorgt. In den letzten Jahren hat er sich nur um eine Person Gedanken gemacht, und die war er selbst.

»Gut. War's das dann?« Alles, was ich will, ist, in mein Bett zu fallen und diesen Tag aus meinem Gedächtnis zu streichen. »Nein. Ich will Liana sprechen. Gib sie mir.«

Alles in mir weigert sich, ihr heute noch mal unter die Augen zu treten, aber weil mir der Kerl am anderen Ende der Leitung nicht völlig egal ist, auch wenn ich gern so tue, gebe ich nach und mache mich auf den Weg in ihr Zimmer.

Ohne anzuklopfen, stoße ich die Tür auf und bereue es sofort. Dort, wo Liana vorhin noch diesen Stofffetzen trug, ist jetzt nichts mehr. Sie liegt einfach splitterfasernackt auf meinem Gästebett!

»Kyle, bist du noch dran?« West schafft es, mich von ihrem Anblick abzulenken, und als ich ihr ins Gesicht sehe, sieht sie mich unverwandt an. Ein siegessicheres Lächeln ziert ihre Lippen und jeder sieht, dass sie gerade Genugtuung empfindet.

Ich stehe nicht auf gemachte Titten, aber ihre sehen natürlich aus und passen perfekt zu ihrem schmalen, aber durchtrainierten Körper. »Ja. Moment.« Grummelnd nehme ich das Handy herunter und gehe auf das Bett zu, dabei widerstrebt es mir, ihr in ihrem Aufzug dichter zu kommen als notwendig. Ich bin immun gegen viele Frauen. Aber die meisten von ihnen liegen auch nicht nackt in meinem Haus und präsentieren sich mir auf diese Art und Weise.

»West ist dran. Er will mit dir reden.« Ich will der Kleinen sagen, dass sie sich gefälligst etwas anziehen soll, aber die Worte stecken mir im Hals fest. Liana rappelt sich auf, zieht endlich einen Teil der Decke über ihren nackten Körper, und nimmt das Handy an sich.

Während sie sich bei West ausheult, stelle ich mich ans Fenster und starre nach draußen, wohl darauf bedacht, Liana und das Gespräch einfach zu ignorieren.

Es interessiert mich nicht, was sie zu bereden haben. Und noch weniger sollte mich interessieren, dass sie nackt ist und ich genau weiß, wie gut sie unter der Bettdecke aussieht. Der Stoff über meinem Schritt beginnt, sich zu spannen, während ich versuche, meine Haltung zu wahren, nach draußen starre und mir andere Bilder vor Augen rufe.

Liza. Liza ist diejenige, die oben auf mich in meinem Bett wartet.

»Ich danke dir, West.« In dem Moment, in dem Liana das Gespräch beendet, klingt ihre Stimme viel verletzlicher, als es sonst den Anschein erweckt. »Hier, dein Handy.« Ich lasse vom Fenster ab, drehe mich zum Bett und bereue es wieder sofort. Dort, wo die Decke eben noch die wichtigsten Stellen verdeckt hat, ist sie jetzt verrutscht und bietet mir einen einwandfreien Blick auf ihre Titten.

»Du solltest dir was anziehen«, sage ich möglichst neutral und stopfe das Handy in die Tasche meiner Hose. Lianas Blick folgt meinen Händen, und als sie den Ständer unter meiner Hose bemerkt, legt sie den Kopf schief.

»Scheint dir doch zu gefallen«, antwortet sie schulterzuckend. Anschließend macht sie es sich wieder auf dem Bett bequem.

»Außerdem habe ich keine Klamotten, falls du das vergessen hast.« Wieder stößt mir ihre überhebliche Art auf, aber ich zwinge mich, Ruhe zu bewahren. Sie will mir bloß mein Verhalten von vorhin heimzahlen, da bin ich mir sicher. Nur dumm, dass sie keine Ahnung hat, mit wem sie es zu tun hat. Ich liebe es, zu spielen. Und ich liebe es, meine Spiele zu gewinnen.

»Ich besorge dir was.« Ohne sie noch einmal anzusehen, gehe ich auf die Tür zu, und will sie gerade hinter mir schließen, als ich ihre Stimme höre. Dieses Mal klingt sie genauso verletzlich wie am Telefon bei West. Hat diese Frau Stimmungsschwankungen?

»Ich will dir nicht zur Last fallen, Kyle. Sobald West herausgefunden hat, wer es auf mich abgesehen hat, verschwinde ich.« Das erste Mal an diesem Abend wahrt sie ihre Fassade nicht, sondern macht sich angreifbar.

Ich verharre an der Tür, will etwas sagen, aber ich bin noch nicht bereit, das Spiel schon aufzugeben. Also ziehe ich die Tür ins Schloss und gehe, bevor ich meinen Verstand hinter mir und meinen Schwanz sprechen lasse …

LIANA

Einige Minuten, nachdem Kyle, ohne mir zu antworten, das Zimmer verlassen hat, starre ich immer noch auf das Holz der Tür. Ich habe mich verletzlich gezeigt, als ich ihm die Wahrheit gesagt habe. Und was macht er? Er verschwindet einfach, nachdem man allzu deutlich gesehen hat, dass ich ihn nicht kaltgelassen habe. Sein Körper hat sich verraten, ob er wollte oder nicht.

Mittlerweile habe ich mich gänzlich unter der Bettdecke verschanzt, und auch, wenn die Müdigkeit in jedem meiner Knochen steckt, kriege ich partout kein Auge zu. Immer, wenn ich sie schließe, sehe ich Irina vor mir, die mich an den Haaren zurück in den Club zerrt. Sehe ihr gehässiges Lachen, das mir sagt, dass sie mich immer wieder finden wird, egal, wie weit ich renne. Egal, wie gut ich mich verstecke und wer mich retten will.

Noch habe ich keine Ahnung, wer mich im Club sehen wollte, und auch West scheint ratlos zu sein. Seine Stimme am Telefon zu hören, hat mich für wenige Augenblicke die letzten Stunden vergessen lassen. Für wenige Augenblicke war alles wie früher. Ein zögerliches Klopfen an der Tür lässt mich zusammenfahren, und da ich weiß, dass es nicht Kyle sein kann, weil er keinen Anstand besitzt, bitte ich die Person herein.

Sekunden später steckt eine Frau ihren Kopf durch den Spalt. »Darf ich reinkommen?« Nickend gebe ich ihr zu verstehen, dass es für mich okay ist, und dann hüpft sie auch schon ins Zimmer. Bei sich trägt sie einen Stapel mit zusammengelegter Wäsche.

»Ich dachte, ich bringe dir ein paar von meinen Sachen. Ich weiß nicht, ob sie dir passen, aber besser als nichts.« Sie hat so leichte Schritte, dass man meinen könnte, sie schwebt über das Laminat, und so ist sie schon einen Wimpernschlag später bei mir am Bett.

»Danke.« Ich nehme die Sachen an mich, entfalte ein Shirt und ziehe es mir direkt über. Anschließend schlüpfe ich in eine Shorts, die zwar zu klein für mich ist und meinen halben Po zeigt, aber wenigstens etwas verdeckt. Sofort fühle ich mich wie ein anderer Mensch. Als würde ich mit dem dunklen Stoff das Geschehen in den letzten Stunden verdecken.

»Ich bin Liza.« Die schwarzhaarige Schönheit nimmt mich freundschaftlich in die Arme und hält mich für meinen Geschmack etwas zu fest. Ich bin selbst ein offener Mensch, aber ich war seit meiner Ankunft im Club nicht duschen und fühle mich einfach nur schmutzig und missbraucht. Liza scheint das aber nichts auszumachen, stattdessen setzt sie sich zu mir aufs Bett und schlägt die Beine übereinander. Ihre Augen sind groß und braun wie die eines Teddybären, ihre Lippen auch ganz ohne Lippenstift dunkelrot.

»Und du bist … seine … Freundin?« Eine andere Erklärung wird es wohl nicht geben, keine Ahnung, wieso ich so zögernd nachfrage. Liza nickt. »So etwas in der Art, ja.«

»Tja dann, mein Beileid.« Auf keinen Fall kann ich ihr zu der Beziehung mit diesem Arsch gratulieren. Liza lächelt mich an, und ihr Lächeln wirkt ernst gemeint, obwohl ich gerade ihren Freund beleidigt habe. Ich habe sonst keine Probleme damit, Menschen zu durchschauen, aber bei ihr fällt es mir genauso schwer wie bei ihm.

»Er ist gar nicht so übel, wenn man ihn erst einmal richtig kennt. Kyle ist nur … etwas verbissen.« Ihre Antwort kann ich nur mit einem Lachen quittieren. »Das ist mir noch gar nicht aufgefallen.« In meinem Leben habe ich Bekanntschaft mit vielen Männern gemacht, aber selten bin ich jemandem wie ihm begegnet.

Die Frau neben mir riecht unfassbar gut, nach einem Tag am Meer mit Sonnencreme und Meloneneis. Kurz schließe ich die Augen und wünsche mich ans Wasser, doch sobald alles im Dunkeln liegt, sehe ich wieder Irina vor mir. Dicht hinter ihr Tristan, der mit einer Waffe auf mich zielt, so wie ich an jenem Abend auf ihn. Panisch reiße ich die Augen wieder auf und spüre Lizas Hand an meinem Arm. Ihre Berührung lässt mich sofort zusammenfahren.

»Ist alles okay bei dir? Du siehst ganz blass aus.« Wir kennen uns nicht, aber sie sieht ernsthaft besorgt aus, was sie direkt sympathischer macht als Kyle. Noch jetzt lodert die Wut in mir, wenn ich an seine überheblichen Sprüche und abschätzenden Blicke denke.

»Ja, alles okay. Ich glaube, ich brauche einfach nur ein bisschen Schlaf«, täusche ich ein Gähnen vor, das Liza sofort als Aufforderung zum Gehen auffasst. Sie streift ein letztes Mal meinen Arm und lächelt mich liebevoll an.

»Dann leg dich hin und schlaf, morgen sieht die Welt schon wieder besser aus. Ich weiß, wovon ich rede.« Die Neugier in mir will wissen, was sie damit meint, aber ich brauche einfach Zeit für mich und meine Gedanken. Also lasse ich sie gehen und lege mich zurück aufs Bett, indem ich mich unter die Decke rolle und die Augen schließe.

Wohl wissend, dass ich sowieso nicht schlafen kann, ohne von den Albträumen eingeholt zu werden. Doch dieses Mal zwinge ich mich, mich meinen Dämonen zu stellen … und so schlafe ich schließlich mitten in der Nacht zitternd ein.

KYLE

Meine Nacht bestand daraus, mich von einer Seite zur anderen zu wälzen. Dementsprechend gut gelaunt bin ich, als ich am nächsten Morgen in die Küche schlurfe und den Grund für meine schlaflose Nacht in Lizas viel zu kurzen Shorts am Kühlschrank stehen sehe. Dass Liana ihre Sachen nicht passen, war mir von Beginn an klar, aber immerhin trägt sie so wenigstens Klamotten, anstatt nackt auf meinem Gästebett zu liegen.

Ich stehe hinter ihr und sehe ihr zu, wie sie seufzend und etwas enttäuscht den Inhalt meines Kühlschrankes unter die Lupe nimmt. Wann ich das letzte Mal einkaufen war? Keine Ahnung.

Ihre blondierten Haare sind zu einem Bun nach oben gebunden und verleihen ihr die perfekte After-Sex-Optik. Liana streckt sich, hebt die Arme dabei und beugt sich anschließend nach unten, um aus dem untersten Fach die Milch herauszuholen. Dass ihr Arsch dabei aus den Shorts springt, scheint ihr egal zu sein. Ob sie auch so posen würde, wenn sie wüsste, dass ich hinter ihr stehe? »Gefällt dir, was du siehst?« Fast habe ich bei ihrem Anblick vergessen, wie genervt ich eigentlich von ihr bin. *Das Biest wusste, dass ich hinter ihr stehe.* »Habe schon Besseres morgens in meiner Küche gesehen«, sage ich kühl, auch wenn es gelogen ist.

Denn auch, wenn mir wenige Sekunden mit ihr in einem Raum reichen, sieht sie verdammt scharf aus. Solange sie den Mund hält und mir nicht auf den Sack geht.

Liana stellt sich aufrecht hin, dreht sich in meine Richtung, schubst mit ihrem Hintern die Kühlschranktür zu, und dreht die Milch auf. Anschließend nimmt sie einen ausgiebigen Schluck, und als sie absetzt, ziert ein Milchrand ihre Lippen, den sie mit ihrer Zunge entfernt wie in einem verdammten Werbespot.

»Dafür hast du aber ganz schön lange raufgestarrt, meinst du nicht?« Uns trennen wenige Schritte voneinander, und wieder verpestet ihr Duft den Raum. Reicht es nicht, dass sie das Gästezimmer mit ihrem Geruch infiziert hat?

Mit zwei langen Schritten bin ich bei ihr, greife nach der Milchflasche und gieße den Rest in meinen Rachen. Dabei brennen sich ihre Blicke in meine nackte Brust. Weil sie das Starren auch nicht lässt, als ich die Flasche neben ihr auf die Arbeitsplatte stelle, muss ich einfach ihre Waffe gegen sie richten.

»Gefällt dir, was du siehst?«, äffe ich sie also nach. Wie erwartet, macht es der Kleinen nichts aus, dass ich sie mit ihren eigenen Methoden schlagen will, stattdessen grinst sie mich nur lieblich an. »Ziemlich. Aber ich habe auch schon Besseres gesehen. Bilde dir also nicht zu viel darauf ein, dass du ein Sixpack hast.« Säuselnd lässt sie von mir ab und wühlt sich dann durch den Rest meiner Schränke wie ein Grizzlybär, der sich durch Mülltonen kämpft.

»Was suchst du?« Ich versuche wirklich, den Blick von ihrer nackten Haut zu lassen, aber da niemand hier ist, um mich davon abzuhalten, starre ich weiter. Amüsiert sehe ich ihr dabei zu, wie sie ein Schubfach nach dem anderen aufzieht und schließlich empört ein Gummi in die Höhe hält. »Wer bewahrt denn Kondome in der Küche auf?« Angewidert hält sie die einzelne Kondompackung hoch. Ich zucke mit den Schultern, lehne mich gegen den Kühlschrank, den sie eben inspiziert hat, und sehe sie direkt an.

»Jemand, der in jedem Raum Sex hat«, antworte ich ehrlich. »Ich kann mir kaum vorstellen, dass jemand wie du prüde ist«, setze ich noch hinterher. Meine Worte treffen sie nicht annähernd genug für meinen Geschmack, stattdessen lässt sie das Kondom zurück in das Schubfach fallen und kommt auf mich zu.

Sie ist einen Kopf kleiner als ich, für eine Frau aber trotzdem erstaunlich groß. Ihre Wangen sind gerötet, leichte Ringe liegen unter ihren Augen, die mich wieder so katzenhaft mustern. *Ich war schon immer eher der Hundemensch, sorry, Baby.*

»Jemand wie ich? Meinst du, weil ich eine Hure bin?« Sie stößt mich gegen meine Brust, als wolle sie mich ernsthaft zum Duell herausfordern. Ich lehne mich derweil zurück und genieße die Show.

»Vielleicht.« Ein Feuer entfacht in ihren Augen, das mich eindeutig auf der Stelle brennen sehen will. Liana schubst mich voller Wucht zurück, aber außer, dass ich kurz zurückweiche, passiert nichts. Nicht das, was sie sich erwünscht hat, das sieht man der Enttäuschung in ihrem Gesicht an.

»Was glaubst du, wer du bist? Du hast sicher schon hundert Frauen flachgelegt und machst jetzt einen auf Moralapostel?« Wieder stößt sie mich, was mich nur lachen lässt. Doch als sie mich ein weiteres Mal schubst, schnellen meine Hände wie Handschellen um ihre. Mein Mund ist ihrem plötzlich viel zu nah. So nah wie gestern im Club, als ich sie geküsst habe, obwohl ich alles andere als das wollte.

»Mit dem Unterschied, dass ich freiwillig mit jeder von ihnen geschlafen habe. Wie sieht es mit dir aus? Hat dich jeder Kerl angemacht, den du hattest?« Ich will sie reizen, bis sie explodiert. Vielleicht checkt sie dann, dass sie mit mir nicht spielen sollte. Sie schnalzt mit der Zunge. »Dafür bekomme ich Geld dafür. Du bist bloß neidisch. Und jetzt lass mich los!« Sie reißt sich weg und baut Abstand auf. Anschließend gießt sie sich eine

Tasse Kaffee ein, der jetzt gerade fertig geworden sein muss, und tut, als wäre nichts geschehen. Mein Blick wandert in ihr Gesicht und hin zu der Wunde an ihrer Stirn. Aber wieso sollte es mich einen Dreck scheren, ob sie Schmerzen hat? Sie ist mir egal. Sie ist Ballast, mehr nicht.

»Und wie soll es jetzt weitergehen? Was hat West sich gedacht? Dass ich jetzt in diesem Haus mit einem Arschloch wie dir versauere und nie wieder das Sonnenlicht sehe?«

Als würde sie sich perfekt in meiner Küche – und definitiv besser als ich mich – auskennen, kramt sie die Zuckertüten aus dem zweiten Schubfach und schüttet zwei davon in ihre Tasse. Wie ungesund dieses Zeug ist, scheint ihr am Arsch vorbeizugehen, stattdessen schüttet sie noch eine dritte nach, nachdem sie einen Schluck genommen hat.

»Du kannst auch gehen und riskieren, dass dich die Typen wieder schnappen und zurückbringen. West will, dass du hierbleibst, aber ich bin nicht West.« Ich trete hinter sie, lege meine Arme links und rechts von ihr auf der Arbeitsfläche ab und nähere mich ihrem Ohr, was sie zusammenzucken lässt.

»Du bist mir egal, Liana. Entscheide also selbst, wie viel dir dein Leben wert ist.« Sie muss nicht mal etwas sagen, um mir zu zeigen, dass sie verletzt ist. Liana dreht sich um, sodass sie jetzt dicht vor mir steht und den Kopf heben muss, um mich anzusehen. Ihr Atem riecht nach frischem Kaffee und ihre Haare duften nach Kokos. Ätzend. Bin ich je einem Menschen begegnet, der so widersprüchliche Gefühle in mir wachgerufen hat? Wenn ja, habe ich die Erinnerungen daran in meiner Drogenphase vergessen.

»Was habe ich dir eigentlich getan, Kyle?« Bis jetzt hat sie nur die taffe Frau herausgelassen, der niemand etwas anhaben kann. Aber jetzt öffnet sie eine andere Seite an sich, die mich fast überfordert. Wie soll ich ihr nur erklären, was mein Problem ist, wenn ich es selbst nicht benennen kann? Sie hat mir nichts getan, aber allein ihre Anwesenheit regt mich tierisch auf.

»Nichts«, antworte ich also ehrlich. »Aber ich habe keine Lust, deinen Aufpasser zu spielen.« Ich bin mit meinem Job genug gestraft, da kann ich einen Babysitterauftrag nicht gebrauchen. Vor allem nicht, wenn ich kein Geld hierfür bekomme. Dann könnte ich das Ganze vielleicht noch hinnehmen, aber nicht so.

»Ich kann auf mich allein aufpassen.« Das Feuer in ihren Augen schreit danach, dass sie die Wahrheit sagt. Aber dann wandert mein Blick wieder zu der Wunde auf ihrer Stirn und alles wird zunichtegemacht.

»Ja, das sehe ich.« Mit jedem Wort habe ich das Gefühl, dass sich Liana dichter an mich schiebt. Mittlerweile passt kaum ein Blatt zwischen uns, und neben dem Bedürfnis, sie weiterhin alles spüren zu lassen, spüre ich auch etwas anderes … Etwas, das ich nicht fühlen will. Bei niemandem.

»Kyle, ich …« Doch bevor sie ihren Satz beenden kann, werden wir unterbrochen. »Guten Morgen«, flötet Liza. Und während ich stehen bleibe, als wäre nichts gewesen, weicht Liana schreckhaft zurück und schlängelt sich unter meinem Arm durch, um Abstand aufzubauen. Vermutlich glaubt sie, dass Liza und ich ein Paar sind und sie gerade eine Grenze überschritten hat. Wie lächerlich. Liza und ich sind entspannter als die Frauen eines polygamen Scheichs.

»Ähm, guten Morgen«, antwortet sie etwas neben der Spur. Derweil drehe ich mich um und sehe die beiden Frauen an, die kaum unterschiedlicher sein könnten. Liza sieht aus wie ein modernes Schneewittchen, Liana hingegen … ist schwer in eine Schublade zu stopfen. Dabei würde ich ihr gern ein Label verpassen.

»Hast du gut geschlafen?«, will sie von unserem Gast wissen und kippt sich derweil selbst eine Tasse Kaffee ein. Liana antwortet lediglich mit einem knappen Ja, und ich mag es, dass Liza ihr für einen Moment die Sprache verschlagen hat. So kann sie mich nicht mit unnötigen Phrasen aus ihrem Mund nerven.

»Ich habe eine Idee! Wir könnten heute für dich shoppen!« Stirnrunzelnd sehen Liana und ich uns an. »Ich glaube nicht, dass das so eine gute Idee ist. West will, dass ich das Haus nicht verlasse, bis er weiß, wer hinter all dem steckt.« Man sieht ihr an, wie sehr ihr diese Tatsache gegen den Strich geht. Wie ein Gefangener in einem fremden Haus.

»Wozu gibt es Onlineshops, Süße? Schließlich hast du keine Klamotten und für meine bist du etwas zu groß, was schwer zu übersehen ist«, plappert Liza mit einem Blick auf ihren halb nackten Arsch, und sofort strahlen Lianas Augen auf. Natürlich. Sie ist eine Frau, was habe ich anderes erwartet? Man muss das S-Wort nur in den Mund nehmen, um sie in der Hand zu haben. Und damit meine ich nicht Schwanz.

»Super. Dann können wir gleich loslegen, ich habe heute frei.« Liza greift sich ihre Tasse, gibt mir im Vorbeigehen einen Kuss auf die Wange und packt Liana anschließend bei der Hand. Kopfschüttelnd sehe ich den beiden Frauen hinterher.

»Vergiss die Veranstaltung heute Abend nicht, Liza. Wir stehen auf der Gästeliste«, rufe ich ihr hinterher, aber sie zwinkert mir nur über die Schulter zu. Als sie schließlich aus meinem Blickfeld verschwunden sind, lege ich den Kopf in den Nacken, und versuche, die falschen Gedanken aus mir zu verbannen. Das, was West mir hier antut, ist weitaus schlimmer, als in seiner Schuld zu stehen.

LIANA

Meine Wut auf Kyle lässt nicht nach, auch nicht, als Liza mich längst von ihm weggebracht hat. Selbst das hübsche Wohnzimmer mit der Designercouch, dem Flatscreen und den schicken Gemälden an der Wand kann mich nicht besänftigen.

Ich habe ihn schließlich nie gebeten, mich zu retten! Wieso benimmt er sich, als hätte ich ihn zu irgendetwas gezwungen? Wenn er auf jemanden wütend sein will, dann auf West. Der ist schließlich außerhalb des Landes und muss seine Wut nicht am ganzen Leib spüren, wie ich es tue.

Aber wenn ich ihn wiedersehe, werde ich ihm sagen, was ich davon halte. Nachdem ich vor ihm auf die Knie gegangen bin, weil er dafür gesorgt hat, dass Kyle mich da rausholt, bevor Schlimmeres passieren konnte. Allein die Vorstellung daran, was alles hätte passieren können, zieht mich wieder in den Strudel aus düsteren Gedanken.

»Komm, wir gehen hoch ins Schlafzimmer, da habe ich meinen Laptop.« Liza hält immer noch meine Hand in ihrer und führt mich zur Treppe, die mitten im Raum steht und so etwas deplatziert wirkt. In der zweiten Etage des Hauses ist es genauso hell und geräumig wie in der ersten, doch ehe ich mich richtig hier drin umsehen kann, sind wir auch schon im Schlafzimmer isoliert.

Die Decken und Kissen sind zerwühlt und der bloße Gedanke an den Sex der beiden bringt mich zum Herauswürgen der Milch in meinem Magen, als wäre sie schlecht gewesen.

»Mach es dir bequem. Ich hol den Laptop.« Widerwillig lasse ich mich auf das Bett nieder, lege die nackten Beine darauf ab und sehe mich gespannt im Raum um. Wie auch im unteren Bereich des Hauses ist hier oben alles so steril. Das ganze Haus wirkt viel zu unpersönlich.

Es hängen keine Bilder am Kühlschrank, geschweige denn welche von ihnen an den Wänden. Das Persönlichste im Raum ist wohl Kyles Haufen mit dreckiger Wäsche neben dem Bett, aber selbst der könnte jedem gehören.

Liza fischt einen silbernen Laptop unter einem Stapel frischer Sachen hervor und setzt sich zu mir aufs Bett.

Es riecht nicht nach Sex hier drin, aber ich bin mir ziemlich sicher, dass ich sie gestern Nacht habe stöhnen hören. Und selbst das Kopfkissen über meinem Kopf konnte den Ton nicht eliminieren.

»Dann wollen wir mal sehen, was es so Schönes für dich gibt«, summt sie und öffnet schon die Suchmaschine. »Hör mal, ich wollte einfach nur von Kyle weg. Ich kann mir keine Shoppingaktionen leisten, solange ich kein Geld habe. Meine ganzen Sachen sind noch im Club … hoffe ich jedenfalls.« Liza hält mir ihre Hand vor den Mund.

»Kriegen wir schon hin, Kyle verdient ganz gut.« Sie zwinkert mir zu und ich muss lachen. Irgendwie versuche ich noch, zu verstehen, was sie von einem Kerl wie ihm will. Klar, er hat Muskeln. Und schöne Augen. Und schöne Haare. Und ein tolles Lächeln, wenn er sich mal eines abringen kann, das nicht vor Arroganz trieft. Aber sein Charakter könnte kaum ungehobelter sein, das habe ich schon am Flughafen bemerkt.

»Du bist viel zu nett für ihn, weißt du das?« Wieso um den heißen Brei herumreden, wenn ich auch gleich Klartext sprechen kann? Ich war nie Freund von Small Talk. Der bringt schließlich niemandem was. Er raubt bloß Zeit für die wirklich wichtigen Themen.

»Das höre ich tatsächlich öfter.« Sie tippt derweil etwas in die Leiste ein und öffnet den ersten Shop. »Aber er kann wirklich ganz anders sein. Manchmal ist er der fürsorglichste Mensch, den ich kenne.« Sie weicht dabei meinen Blicken aus, woraus ich meine eigenen Schlüsse ziehe.

»Ich kenne ihn nicht, aber das, was ich kennengelernt habe, ist alles andere als das.« Liza scrollt noch einen Moment durch die Website mit schicken Kleidern, die alle mein Budget sprengen, und lässt dann seufzend vom Laptop ab.

»Ich war mal wie du … also so ähnlich. Ich habe zwar nie mit Männern geschlafen, aber ich habe für sie getanzt. Der Schuppen, in dem ich gearbeitet habe, um mich und meinen kleinen Bruder über Wasser zu halten, war einer der üblen Sorte«, beginnt sie plötzlich, mir Dinge anzuvertrauen, die man sonst nur seinen engen Freunden nach Jahren erzählt.

Ein Kloß bildet sich in meinem Hals, den ich nicht herunterschlucken kann, auch wenn ich ihn loswerden will. Ich will ihr sagen, dass mich ihre Lebensgeschichte nichts angeht, will aber auch nicht unhöflich wirken. Schließlich wäre ich dann keinen Deut besser als der Herr da unten.

»Du warst eine Stripperin?« Ich hätte sie nie so eingeschätzt! Und dabei ist meine Menschenkenntnis immer ganz gut gewesen. Sie nickt, und man sieht, dass ihr das Thema etwas unangenehm ist. Umso erstaunter bin ich, dass sie mir davon so offen und leichtfertig erzählt.

»Kyle kam öfter in den Laden als Begleitung seines Bosses. Er hat nie Tänze gekauft, er hat immer nur dagesessen und in die Ecke gestarrt, gruselig, wenn du mich fragst. Aber eines Tages hat sein Boss ihm einen

Tanz von mir geschenkt, und so haben wir uns kennengelernt.«

»Und was ist dann passiert?« Kyle tut immer so, als würde er Frauen wie mich verabscheuen, dabei war Liza nie weit davon entfernt, wie ich zu werden. Ich weiß, wie klein der Sprung von einer Stripperin zu einer Prostituierten sein kann. Man muss nur an die falschen Männer geraten oder seinem Boss übel aufstoßen …

»Er kam öfter zu mir. Aber wir haben nur geredet, mehr nie. Wir haben uns angefreundet. Und irgendwann hat er mich dann da rausgeholt.« Sie sieht mir an, wie verwirrt ich bin.

»So wie dich. Er hat mich wie dich gerettet. Wie schlecht kann er da schon sein?« Eine berechtigte Frage, die ich aber nicht beantworten kann. Ich will immer an das Gute im Menschen glauben, und ja, er hat mich gerettet … aber wieso setzt er dann alles daran, dass ich ihn hasse?

Das alles ergibt in meinen Augen einfach keinen Sinn! Wir könnten wie zwei Erwachsene die Zeit tot sitzen, bis West mich wieder in Sicherheit weiß. Stattdessen müssen wir uns das Leben zur Hölle machen?

»Das klingt tatsächlich nett«, knicke ich ein. »Das heißt aber nicht, dass er kein Arsch in meinen Augen ist.« Ich zwinkere Liza zu, was sie nur mit einem breiten Lächeln erwidert. Sie hat strahlend weiße Zähne und generell habe ich noch keinen Makel an ihr entdeckt.

96

Wieso war es ihr in der Küche egal, wie nah Kyle mir war? Und wieso war es ihm egal? Es war, als würde es keinem von beiden etwas ausmachen.

»Aber du könntest ihm eine Chance geben, dir zu beweisen, dass er einen weichen Kern hat. Für die meisten wirkt er verbissen und unverschämt, das muss ich zugeben. Wenn man ihn kennenlernt, hat man schnell ein anderes Bild.« Liza denkt kurz nach und scheint dann eine zündende Idee zu haben.

»Was hältst du davon.« Sie schiebt den Laptop zur Seite, dreht sich in meine Richtung und nimmt meine Hand. »Heute Abend ist eine Veranstaltung, die sein Boss gibt. So eine Spendengala, auf der man Häppchen serviert kriegt, von denen kein Mensch satt wird, und Drinks, die mehr Wasser als Wodka beinhalten.« Ich ahne, worauf das hinausläuft … Und es gefällt mir nicht.

»Du könntest mitkommen. Mir ist immer sterbenslangweilig und so könnt ihr zwei euer Kriegsbeil begraben.« Sie hält sich deshalb offensichtlich für ein Genie, ich halte sie eher für naiv. Aber ich mag ihre Naivität. Sie nervt mich nicht … nicht so wie Kyles Art. Das Verdrehen seiner hellgrauen Augen lässt mich innerlich kochen.

»Und was ist mit meiner Sicherheit?« Dabei reizt es mich schon nach einem Tag hier drin, wieder Freiheit zu haben. Ich will und kann mir nicht vorstellen, hier zu versauern. In einem Haus, das meinem neuesten

Erzfeind gehört. »Glaub mir, Kyle mag West, auch wenn er gerne das Gegenteil behauptet. Und er würde dich nicht hier wohnen lassen, wenn er dich wirklich hassen würde. Er wird dich in keiner Sekunde aus den Augen lassen, so wie ich nicht. Die Veranstaltung ist im Randbezirk.«

Ihre braunen Augen flehen mich regelrecht an. Wie zur Hölle soll man da auch nur daran denken, sie zurückzuweisen? Und mir wird immer bewusster, was Kyle an ihr mag. Liza ist durch und durch ein guter Mensch, der wie ich früh in die falschen Kreise geraten ist.

»Aber ich habe doch gar keine Sachen«, versuche ich, mich noch herauszuwinden, aber ihre Blicke nageln mich am Bett fest und hypnotisieren mich. Sie deutet auf den Laptop, der immer noch darauf wartet, dass wir ihn benutzen.

»Wir wollten doch eh shoppen.«

»Aber wenn die Veranstaltung schon heute Abend ist, wie sollen wir so schnell was herkriegen?« Ich klammere mich an den letzten Strohhalm. Aber ich will sie – aus verqueren Gründen – auch nicht enttäuschen und vor den Kopf stoßen, wo sie so nett zu mir ist und versucht, unseren Streit aus dem Weg zu räumen.

»Expresslieferung, Liana. Gott, du musst noch einiges von mir lernen!« Und dann packt sie den Laptop, zieht ihn auf ihren Schoß und sucht nach dem passenden Kleid, das ich heute Abend tragen kann.

Wann zur Hölle habe ich verlernt, meinen Willen durchzusetzen? Und die viel wichtigere Frage … wieso gibt es einen Teil in mir, der sich darauf freut, die andere Seite an Kyle kennenzulernen?

KYLE

»Du hast was?« Mir entgleiten die Gesichtszüge, während Liza nicht einmal Reue zeigt oder einzusehen scheint, dass sie Mist gebaut hat.

Eher im Gegenteil – ihre braunen Augen scheinen mich fast herauszufordern. Ein Umstand, den ich im Schlafzimmer willkommen heißen würde, aber nicht hier und in diesem Zusammenhang. Kurz glaube ich, dass sie mich nur auf die Probe stellen will, aber man sieht ihren Augen an, dass sie es todernst meint.

»Sie hat doch niemanden. Ihre Freunde sind in Kanada und ihre ganzen Sachen hat sie auch verloren. Sie hat gestern die Hölle durchlebt, Kyle. Ich will mir gar nicht ausmalen, wie schlimm dieser Laden sein muss«, verteidigt sie sich und ihre mehr als alberne Idee. Liza stellt ihre Kaffeetasse in die Spüle und kehrt mir somit den Rücken zu.

»Ach, und da hast du dir natürlich gedacht, dass es sinnvoll wäre, sie heute Abend mitzunehmen? Wie stellst du dir das eigentlich vor?« Auch ohne Lianas nervige Art habe ich nicht sonderlich viel Lust auf den Abend, aber mir vergeht auch der letzte Funken Euphorie. Ich hasse diese Abende, die mein Boss lediglich veranstaltet, um jedem sein scheinbar gutes Herz zu demonstrieren.

Dabei will er einfach bloß Steuern einsparen, mehr nicht. Das Wohl anderer Menschen und der Umwelt geht ihm meilenweit am Arsch vorbei. Der Kerl, für den ich arbeite – Jasper McCullen – steht an der Spitze der Nahrungskette.

Ich bin das Ende in seinen Augen, das hat er mich schon mehr als einmal spüren lassen. Als erfolgreicher Architekt/Immobilienmakler denkt er, dass er alle Fäden in der Hand hält. Und mein Job ist es, seine Kunden von A nach B zu kutschieren, als hätte ich nichts Besseres zu tun.

»Die Veranstaltung ist ohnehin sterbenslangweilig. Liana kann das Ganze vielleicht auflockern. Und so könnt ihr dieses alberne Kriegsbeil begraben, das zwischen euch herrscht, und von dem ich immer noch nicht weiß, was das soll. Sie ist doch total nett!«

Liza war schon immer eine Weltverbesserin. Sie wollte schon immer, dass ich zu einem besseren Menschen werde.

Und vielleicht hat sie es in einigen Punkten sogar geschafft – aber ihre Macht über mich hat Grenzen. Sie schüttet Spülmittel in ihre quietschgelbe Tasse und beginnt, sie zu säubern, als wäre die Diskussion damit bereits beendet. Und an ihrer Haltung sehe ich, dass sie denkt, sie hätte gewonnen. »West hat mir verboten, sie aus dem Haus zu lassen. Was denkst du dir, wie das ablaufen soll, hm?«

Ich trete hinter sie, und als mich ihre Haare an der Nase kitzeln, muss ich an die Nähe zu Liana vorhin denken. Sie stand genauso vor mir … und doch war die Spannung zwischen uns eine ganz andere. Das mit Liza und mir ist offensichtlich. Ich stehe auf sie – sie steht auf mich. Und das nutzen wir aus, indem wir zusammen ins Bett steigen.

»Wir haben einfach immer ein Auge auf sie.« Liza lässt die Tasse zurück in die Spüle gleiten und dreht sich um. Mit ihren nassen Fingern umfasst sie mein Gesicht und streicht über meinen Dreitagebart, der meinem Boss nicht gefallen wird. In seinen hässlichen Augen sehe ich damit aus wie ein Straßenpenner.

»Glaubst du wirklich, dass ihr Entführer ausgerechnet auf der Veranstaltung deines Bosses sein wird? Komm schon, Kyle. Seit wann so paranoid? Ich erinnere mich noch an eine Version von dir, der keine Gefahr zu gefährlich war. Aber vielleicht hat Jasper auch schon alles aus dir vertrieben.« Liza hat recht. Ich lebe das Risiko. Vor allem, wenn es um mein eigenes geht. Aber ich habe keine Lust, Wests Zorn auf mich zu ziehen, wenn er erfährt, dass ich unseren Deal gebrochen habe.

»Hat West dich wirklich so in der Hand, Babe, dass du Angst hast, sie in Gefahr zu bringen?« Ihre Worte lassen Galle in mir aufkochen, weil sie einen wunden Punkt bei mir trifft.

West hatte mich schon immer in der Hand, ohne dass ich etwas dagegen unternommen habe. Und plötzlich kommt mir der Gedanke, Liana mit zur Party zu nehmen, gar nicht mehr so abwegig vor. Ich lege meine Hände an Lizas Taille und ziehe sie mit einem Ruck an mich.

Sie quietscht auf und grinst über beide Ohren. Als sie ihr Becken dichter gegen mich schiebt, werde ich augenblicklich hart für sie.

»Du hast recht«, säusle ich ihr ins Haar.

»Wir nehmen sie mit.«

LIANA

Liza hat nicht gelogen, der Expressversand war überpünktlich, und so steige ich jetzt – in ein goldenes Cocktailkleid gehüllt – aus dem Van aus. Bis zum Schluss habe ich mich noch gefragt, ob es die richtige Entscheidung war, Lizas Angebot anzunehmen, jetzt weiß ich, dass die Antwort JA lautet. Allein Kyles genervte Blicke im Rückspiegel sind für mich Bezahlung genug.

Er glaubt, ich bin ein Klotz an seinem Bein?

Soll er haben.

Außerdem kann ich mir etwas Besseres vorstellen, als alleine die ganze Nacht in diesem von West für mich ernannten Gefängnis zu versauern. Cocktails, hübsche Männer und gute Musik kommen also gerade richtig, um mich von dem abzulenken, was permanent durch meinen Kopf geht, seit ich am Flughafen geschnappt wurde. Die Dunkelheit, die seitdem versucht, mich zu verschlingen, ist immer präsent.

»Du siehst wirklich toll aus, Liana. Das Kleid sah online schon schön aus, aber an dir ist es noch viel schöner.« Liza hakt sich bei mir unter und führt mich über den roten Teppich, dabei achtet sie nicht auf Kyle, der uns murmelnd folgt. Wieso ich es liebe, ihn auf die Palme zu bringen? *Weil er Krieg wollte.*

Und den kann er haben.

»Danke. Ich finde es auch wunderschön.« Zig Pailletten säumen den unteren Teil des Kleides, der eng anliegt und in der Mitte meiner Schenkel endet. Oben befindet sich eine leichte Spitze, ebenfalls in Gold.

Das Gebäude vor uns besteht hauptsächlich aus Glas, und so kann man schon das Treiben drinnen beobachten. Viele Frauen in schicken Kleidern, Männer in eleganten Anzügen und Bardamen wie aus dem Bilderbuch.

Wir befinden uns etwas außerhalb von New Yorks Innenleben, und somit ist der *Golden Cage* und alles, was ich damit in Verbindung bringe, weit weg. Und doch noch lange nicht weit genug, wenn es nach mir geht. Plötzlich kommt mir der Gedanke, einfach zu verschwinden, so wie Ivory und West es getan haben, gar nicht mehr so absurd vor.

»Und was genau machen wir hier?«, will ich wissen und werfe unauffällig einen Blick auf Kyle, der immer noch hinter uns läuft. Seit wir den Wagen verlassen haben, hat er keinen Ton von sich gegeben, und so langsam aber sicher vermisse ich seine nervige Stimme.

Seine grauen Augen sehen direkt in meine, aber sein Gesicht bleibt wie einbetoniert. Keine Mimik. Keine Gestik.

»Kyles Boss – Jasper McCullen – veranstaltet jeden Monat diese Spendengalas. Hier versammeln sich alle großen Immobilienleute und ersteigern hässliche Gemälde und Kunstwerke für den ›guten Zweck‹.«

Liza malt Gänsefüßchen in die Luft. »Im Grunde genommen, geht es nur darum, irgendwie seine Steuerschulden zu senken, aber in der Presse wird er als Weltverbesserer angesehen.« Wieder sehe ich in das Gebäude, das wir jetzt endlich erreichen. Der Mann rechts neben der Schwingtür grinst uns etwas verkniffen an, blickt auf seine Liste hinab und zückt einen Stift.

»Namen?«

Kyle stellt sich das erste Mal, seit wir hier sind, neben uns, und schon stößt mir seine direkte Nähe wieder auf. Er riecht nach frischer Dusche und einem Tag am Meer. Sobald ihn der Türsteher entdeckt, lässt er die Liste herunter und begrüßt Kyle per Handschlag.

»Ihr seid es. Na dann – rein mit euch.« Plötzlich wirkt der Mann wie ausgewechselt, stößt uns die Tür auf und lässt uns Damen den Vortritt.

Klassische Musik schwappt uns direkt zur Begrüßung entgegen, gemischt mit dem Getuschel der Menschen und dem Klirren von Sektgläsern, die zum Anstoßen misshandelt werden. Wie Ameisen rennen die Kellnerinnen und Kellner von einem Stehtisch zum nächsten, um die dreckigen Gläser einzusammeln und gegen volle zu tauschen.

»Wow«, sage ich ehrfürchtig, als ich mich in dem Saal wiederfinde. Ich konnte Ruhm und Luxus nie etwas abgewinnen, aber dieses Bauwerk hat einen ganz eigenen Charme.

Von außen wirkte es bloß wie ein Bürogebäude von vielen, aber drinnen könnte die Einrichtung dem päpstlichen Palast gehören.

Verzierungen an den Wänden und an der Decke, Stuck über Stuck, massive Kronleuchter und antike Fliesen unter meinen neu bestellten High Heels, die an meinen Hacken drücken und mir sicher mehr als eine Blase bescheren werden. *Wer schön sein will, muss leiden*, hätte meine Mutter jetzt gesagt.

»Schön, oder? Jasper hat das Gebäude vor vier Jahren selbst entworfen, er wollte die perfekte Mischung aus New York und Italien in einem Gebäude vereinen«, pflichtet Liza mir genauso erstaunt bei. Kyle hingegen? Der könnte kaum unbeeindruckter aus der Wäsche gucken. Da trägt er sogar mehr Mimik im Gesicht, wenn ich ihm auf die Nerven gehe.

»Es ist wunderschön!« Ein weiteres Mal fange ich den Charme des Gebäudes in mir ein, und ehe ich mich an die Schönheit gewöhnen kann, packt Liza mich wieder bei der Hand und führt mich zur Bar. »Darauf stoßen wir an. Kommst du, Babe?« Das erste Mal, seit wir den Wagen verlassen haben, spricht sie Kyle an. Ein unangenehmes Gefühl macht sich in meiner Brust breit … aber wieso? Ich kann es nicht einordnen und das macht mich schier wahnsinnig.

»Ich brauche dringend einen Drink.« Seine Antwort kommt genauso mürrisch bei mir an, wie sie sicherlich gemeint ist, und ehe ich einen dummen Spruch bringen kann, ist Kyle an uns vorbeispaziert, sodass wir ihm jetzt hinterherlaufen, als hätte er Zucker in den Taschen seines Anzuges.

Er sieht gut aus. Viel zu gut. Das dunkle Blau schmeichelt seinen blonden Haaren, und der Stoff schmiegt sich regelrecht um sein breites Kreuz. Kopfschüttelnd vertreibe ich jegliche Gedanken an sein Aussehen und widme meine Aufmerksamkeit wieder Liza.

Sie trägt im Vergleich zu mir ein schwarzes Minikleid, das jede ihrer Rundungen perfekt in Szene setzt und zu ihren schwarzen Haaren passt, die jetzt geglättet über ihre Brüste fallen. Ich verstehe, was Kyle in ihr sieht – sie ist umwerfend.

»Sagtest du nicht, er kann liebenswert sein?«, frage ich sie und deute auf ihn, der es sich jetzt an der Bar bequem macht. Ich muss nicht mal bei ihnen sein, um zu sehen, dass die Kellnerin keine Gelegenheit auslässt, um sich ihm an den Hals zu werfen. Eine Tatsache, die Liza kaltlassen muss, immerhin verzieht sie keine Miene dabei.

Seltsame Beziehung.

»Kann er wirklich, wirst schon sehen. Komm – wir holen uns einen Drink und dann lockert das die Stimmung schon auf. Versprochen.« Widerwillig lasse ich mich zur Bar führen, hüpfe auf den Lederhocker und achte vehement darauf, Kyle zu ignorieren, so wie er mich den ganzen Abend schon ignoriert.

Was du kannst, kann ich schon lange, Arschloch.

Und glaub mir, ich kann es sogar noch besser.

***

»Oh mein Gott, ist das dein Ernst?«, quieke ich und halte mir den Bauch vor Lachen. Ich mag Liza schon in nüchternem Zustand, aber angetrunken ist sie eine verdammte Granate. Vor zwei Stunden haben wir uns von der Bar in die Lounge verzogen, und so sitzen wir jetzt gemeinsam auf dem dunkelroten Sofa und erzählen uns die schrägsten Storys, die wir bisher erlebt haben. Kyle sitzt immer noch an der Bar und unterhält sich mit den unterschiedlichsten Leuten, seine Blicke kreuzen aber immer wieder unsere Ecke, damit er uns im Auge behalten kann.

»Ich meine das todernst. Der Kerl sah aus wie Mr. Bean und dachte, er wäre Cristiano Ronaldo. Er hat sogar diesen Stand imitiert, den Cristiano vor jedem Freistoß auf dem Rasen macht. Ich sag dir – der Kerl war mit Abstand der witzigste, dem ich je begegnet bin!«

»Und wie ging der Abend aus?«, will ich wissen und nippe an meinem Drink. Nach dem dritten habe ich bereits aufgehört, zu zählen, das hier könnte also mein fünfter oder fünfzehnter sein. Dem Schwindel in meinem Kopf nach zu urteilen, tendiere ich jedoch eher zu Letzterem.

»Na wie wohl? Ziemlich trostlos. Nachdem er diese Ronaldo-Nummer nackt vor meinem Bett abgezogen hat, habe ich ihn rausgeschmissen. Den hätte ich nicht mehr mit einer Pinzette angefasst. Aber seit diesem Abend habe ich mich nie wieder auf ein Blind Date eingelassen.« Mit dem Ende der Geschichte kippt sie den Rest ihres Drinks in ihren Rachen und klopft sich imaginären Dreck von den Schultern.

»Wie auch immer, ich muss kurz für kleine Löwinnen. Wartest du hier?« Doch ehe ich ihr antworten kann, ist sie auch schon weg und in dem Gewusel verschwunden.

Ich lehne mich auf dem Sofa zurück, sehe die Decke über mir an und bemerke, dass ich dem Charme des Gebäudes betrunken noch viel mehr verfallen bin. Die Liebe zum Detail macht mich fast sprachlos, und je länger ich den Stuck ansehe, desto weiter wandert der Sekt in meine Blase.

Mist.

Mürrisch kämpfe ich mich hoch und mache mich auf die Suche nach den Toiletten, um Liza zu folgen und meine Blase zu entleeren. Dass ich nicht mehr ganz so sicher auf den Beinen bin, sieht jeder Blinde, ich fühle mich wie eine Puppe auf Stelzen aus Wackelpudding.

Im nächsten Moment stolpere ich über eine Schwelle und sehe mich schon am Boden aufschlagen, werde aber in letzter Sekunde aufgefangen. Ein mir unbekannter Duft hüllt mich ein, und als ich aufblicke, sehe ich in ein paar braune Augen, die mich schelmisch mustern, die ich aber noch nie zuvor gesehen habe.

»Etwas betrunken, hm?« Der Fremde, dessen Augen mich an die Lieblingsschokolade aus meiner Kindheit erinnern, schlingt seine Arme enger um mich, damit ich nicht sofort wieder zur Seite kippe. Im Grunde genommen, gefällt mir der Kerl. Aber aus mir unerfindlichen Gründen spüre ich eine Enge in meiner Brust, die einfach nicht weicht, egal, wie stark ich sie loswerden will.

Ich spüre seinen Körper intensiver auf meiner Haut, als ich es gewohnt bin, und plötzlich formen sich Bilder in meinem Kopf, die ich nie wieder sehen wollte. Ich spüre die Hände des Mannes im Käfig auf mir.

Spüre seine gierigen Blicke und die Blicke der Menschen auf den Fluren, die uns beobachtet haben. Die Luft in meiner Brust wird immer dünner, meine Atmung immer flacher. In Sekundenschnelle hat sich das Gebäude, von dem ich eben noch so fasziniert war, in den Club verwandelt, und der Boden unter meinen Füßen droht, nachzugeben.

Die Hände des Mannes wandern minimal weiter herunter, und als sie meinen Po streifen, verfalle ich in Panik. Mit letzter Kraft stoße ich den Typen von mir weg, der mich nur knurrend als Hysterikerin betitelt und dann einfach verschwindet.

Und so stehe ich zwischen zig fremden Menschen und habe das Gefühl, dass mich alle ansehen. Jede Frau. Jeder Mann. Ich spüre ihre Blicke auf mir und habe die Befürchtung, dass mich einer von ihnen erkennen könnte … dass einer von ihnen …

Mein Kopf wirbelt panisch und schmerzhaft von links nach rechts, die ersten Tränen kündigen sich schon in meinen Augenwinkeln an.

Schluchzend bahne ich mir einen Weg durch die Massen, um endlich die Toiletten zu finden und mich in einer Kabine einsperren zu können. Der Mann hat mir nichts getan! Und doch werde ich das ungute Gefühl nicht los, dass das hier erst der Vorgeschmack auf mein neues Leben sein wird …

KYLE

Schon bevor wir auf der Veranstaltung ankamen, hatte ich keinen Bock auf den Abend. Jetzt – drei Stunden später – geht die Achterbahn nur noch bergab. Der Kerl, der neben mir an der Bar sitzt und mir Löcher über meinen Chef in den Bauch fragt, ging mir schon nach den ersten drei Worten auf den Sack, und jetzt kaut er mir bereits seit einer Stunde ein Ohr ab und sieht nicht aus, als würde er bald mit seinem Kreuzverhör aufhören.

Während er mir erzählt, welche neuen Bauten er für das kommende Jahr plant, und bei welchen Projekten er gern mit Jasper zusammenarbeiten würde, wandert mein Blick obligatorisch zur Lounge, in die sich Liza und Liana verzogen haben, nachdem wir hier ankamen. Doch dort, wo sie bis eben noch gemeinsam saßen und gelacht haben, sitzen jetzt Fremde.

Sofort schrillen alle Alarmglocken in mir auf und ich sehe mich auf der Tanzfläche um. »Hey, alles gut bei dir? Du siehst neben der Spur aus«, klopft mir der Kerl neben mir auf die Schulter, als wären wir alte Bekannte, dabei habe ich seinen Namen sogar schon wieder vergessen. Clay? Connor? Irgendwas mit C, an mehr erinnere ich mich nicht. Ohne ihm zu antworten, verlasse ich die Bar und mache mich auf die Suche. Vermutlich sind die beiden nur auf dem Klo oder tanzen zur Musik, aber das ungute Gefühl in mir will nicht verschwinden.

Ich mache mir keine Sorgen um Liana, eher im Gegenteil, aber West wird mich aus dem Haus schmeißen, wenn er erfährt, dass ich sie aus den Augen gelassen habe.

Sie mit herzunehmen, ist eine Sache, sie sich selbst zu überlassen, nach dem, was passiert ist, eine ganz andere. Er würde mir eigenhändig den Kopf abreißen und ihn den Bären in Kanada zum Fraß vorwerfen.

Fluchend bahne ich mir meinen Weg durch die tanzenden Schnösel, entdecke aber weder Liza noch Liana irgendwo auf der Tanzfläche. Die restlichen Lounges sind belegt, aber von den beiden fehlt immer noch jede Spur. Also steuere ich die Toiletten an, und bete innerlich dafür, dass ich mit meiner Vermutung richtigliege.

Es ist mir egal, dass es die Damenklos sind, also stapfe ich einfach herein und erschrecke damit die beiden Frauen an den Waschbecken zu Tode.

»Das sind die Damentoiletten, junger Herr«, sagt eine der beiden in den besten Jahren mit gerümpfter Nase. Als ich nicht reagiere, sondern den Vorraum verlasse, um mich auf den Weg zu den Kabinen zu machen, höre ich ihr empörtes Geschnatter und würde ihnen am liebsten sagen, dass sie die Fresse halten sollen. Immerhin wissen sie nicht, was für mich auf dem Spiel steht, wenn Liana etwas zustoßen sollte. Und je länger ich im Dunkeln tappe, desto bewusster wird mir, in was für Schwierigkeiten ich mich gebracht habe, nur, um mir selbst etwas zu beweisen.

Der Wasserhahn tropft im Hintergrund, sonst ist es still hier drin. Bis ich ein leises Schluchzen aus der hintersten Kabine wahrnehme und hellhörig werde. »Liana?« Das erste Mal seit gestern widerstrebt es mir nicht, diesen Namen auszusprechen. Und das erste Mal bin ich erleichtert, als ich letztendlich ihre Stimme höre.

»Geh weg.« Mehr sagt sie nicht, aber zwei lallende Worte reichen aus, um mich zu beruhigen. Sie ist hier. Langsam gehe ich auf die Kabinentür zu, klopfe leise an, und warte, bis sie die Tür öffnet, aber nichts dergleichen passiert.

»Was machst du hier?« Es fällt mir schwer, nicht einfach die Tür einzutreten, sie über meine Schulter zu werfen und nach Hause zu bringen, aber ich reiße mich zusammen, so gut es geht. Wieder erklingt ihr Schluchzen und ich verdrehe die Augen.

»Das geht dich nichts an. Hau einfach ab, Kyle«, knurrt sie mich an, was mich innerlich lachen lässt. Seufzend setze ich mich auf die Fliesen, direkt vor ihre Kabine und warte, bis sie aufgibt und von alleine herauskommt.

»Glaub mir, ich würde nichts lieber. Aber West bringt mich um, wenn dir einer auch nur ein Haar krümmt.« Und wieder hat mich dieses Arschloch in der Hand, sodass ich machtlos gegen ihn bin.

Wir sind alleine in der Toilette, und auch wenn ich mich fragen sollte, wo Liza ist, ist es mir im Moment schlichtweg egal. Sie weiß, wie sie sich durchschlagen muss, und vermutlich schmeißt sie sich gerade irgendeinem Immobilienhai an den Hals. Dabei war es ihre Idee, Liana herzubringen. Und dann macht sie sich einfach aus dem Staub und lässt sie zurück?

»West ist nicht hier, falls du das nicht siehst.« Ihre Stimme gewinnt wieder etwas an Farbe, dennoch klingt sie viel zerbrechlicher als sonst. In diesem Moment bereue ich es, mich am Tresen nur für Wasser und nicht für Whiskey entschieden zu haben. Ich könnte bei diesem Gespräch ganz dringend Alkohol vertragen.

»Noch nicht. Aber es wird nicht mehr lange dauern, bis er den nächsten Flieger nimmt. Also schwing deinen Arsch aus der Kabine und sag mir, was los ist.« Ihr liebloses Auflachen beschreibt perfekt, wie ich mich gerade fühle.

Ich hätte meine Hand dafür ins Feuer gelegt, dass sie stur bleibt, doch als sie die Kabine aufschließt und schließlich vor mir steht, belehrt sie mich eines Besseren. Ihre blonden Haare sind nicht mehr glatt, sondern wellen sich an den Spitzen. Ihre Mascara sitzt trotz der Tränen perfekt. Liana sieht auf mich hinab, und ehe ich sie daran hindern kann, sitzt sie neben mir am Boden. So dicht, dass ich ihren Körper direkt an meinem spüren kann. Mein Instinkt rät mir, wegzurutschen, aber ich bleibe einfach hier sitzen und lasse die Nähe vorrübergehend zu.

»Da war so ein Mann«, flüstert sie und starrt benommen auf das Klo, auf dem sie eben noch saß und sich selbst bemitleidet hat. Gott, will sie sich jetzt wirklich bei mir ausheulen? Ich meine, ja, ich habe sie gefragt … aber ich ging davon aus, dass sie mir eh nichts erzählen wird. Doch dann rieche ich die Alkoholfahne, die von ihr ausgeht, und weiß Bescheid. Alkohol bringt jeden zum Reden, selbst eine Bestie wie sie, die sonst nur bissige Sprüche auf den Lippen hat.

»Was hat er getan?« Es ist mir immer noch egal, was passiert ist. *Sie* ist mir immer noch egal. Wieso stelle ich diese Fragen, wenn es mich einen Scheiß interessiert? Wütend auf mich selbst bette ich das Gesicht in die Hände und atme einmal tief durch, versuche, ihren Geruch aus meiner Nase und das Bild von ihr aus der Küche aus meinem Kopf zu bekommen. Seit heute Morgen kreisen diese Gedanken durch meinen Schädel und bereiten mir Kopfschmerzen.

»Nichts. Und das ist ja das Schlimme!« Sie ballt ihre Hände zu Fäusten und presst sie sich wie ein bockiges Kind vor die Augen. Jemand öffnet die Tür zum Vorraum, aber ehe die Frau den Raum betreten kann, bin ich aufgestanden, habe mir den Besen aus der Ecke geschnappt und die Tür so mit ihm verriegelt, dass niemand hereinkommen kann. Die Proteste der Frau verstummen schneller als gedacht, gefolgt vom Klackern ihrer hohen Absätze.

»Danke«, murmelt Liana und wischt sich die Tränen mit den Handrücken weg. Als ich wieder neben ihr sitze, sind wir uns erneut viel zu nah. Ihr Arm berührt meinen, ihr Oberschenkel stößt gegen mich. Und es macht mir nicht mal etwas aus. Was zur Hölle passiert hier? Wo ist meine Abscheu hin?

»Ich meine … ich bin eine unabhängige Frau. Männer konnten mir nie Angst machen, egal, wie abschreckend sie waren«, setzt sie hinterher und knirscht mit den Zähnen. »Aber dann … als der Mann mich angefasst hat … war es, als würden mich seine Hände verbrennen, dabei wollte er mir doch nur helfen.«

Sie wirkt abwesend, während sie spricht, so als wäre sie überall, nur nicht hier. Sie zittert am ganzen Körper und das erste Mal, seit ich sie kenne, tut sie mir wirklich leid. Bis jetzt war da bloß Abscheu. Aber in dieser Sekunde mit ihr auf dem Boden der Toilette dieser albernen Veranstaltung ist es anders.

Das erste Mal klingt ihre Stimme nicht so nervtötend. Das erste Mal stört mich ihr Duft nach Kokos nicht. »Das vergeht wieder.« Meine Antwort lässt sie nur lachen, und ehe ich realisiere, was ich so Witziges gesagt habe, muss sie sich den Bauch vor

Lachen festhalten. Als sie mich ansieht, sehe ich das erste Mal genauer hin. Ihre Augen sind eine undefinierbare Mischung aus Grau und Grün.

»Was ist so witzig?«

»Du!«, spottet sie, was mich kurz vergessen lässt, wo und wie wir hier eigentlich gelandet sind.

»Ich meine … hast du jemals jemanden getröstet?« Ich lege den Kopf in den Nacken und denke über ihre Frage nach. Habe ich? Keine Ahnung. Vermutlich nicht. Also zucke ich bloß mit den Schultern und stelle mich der Wahrheit. Und die ist ziemlich düster, wenn ich ehrlich zu mir bin. Außer für Liza war ich nie für jemanden da.

»Ja, das merkt man.« Mit geschürzten Lippen lehnt auch sie den Kopf zurück, sodass wir gemeinsam auf die Toiletten starren. Keiner von uns sagt mehr etwas und das erste Mal wünsche ich mir, dass sie das Schweigen bricht. Gott, ich sollte dringend von hier verschwinden und mir die plötzliche Sympathie für diese Nervensäge aus dem Kopf schlagen. Was soll sich verändert haben? Sie ist immer noch der Klotz am Bein, den ich gerade am allerwenigsten gebrauchen kann. Daran können auch ihre Tränen nichts ändern.

Oder?

»Kyle?«

»Hm?« Vehement versuche ich, dem Drang zu widerstehen, sie anzusehen. In meinem undefinierbaren Zustand würde ich noch auf die Idee kommen, sie direkt auf dem Fliesenboden zu ficken. Schon seit sie nackt auf meinem Gästebett lag, geht mir ihr Körper nicht mehr aus dem Kopf. Eine Karte, die sie ganz bewusst ausgespielt hat, das hat man ihr angesehen.

»Würdest du mich von hier wegbringen?« Ihre Frage klingt flehend, und das erste Mal habe ich das Gefühl, ihre Schale geknackt zu haben. Und das, ohne etwas dafür getan zu haben.

Lianas Augen schreien mich fast an, doch gerade, als ich aufstehen will, hält sie mich zurück und zieht mich wieder neben sich. Dieses Mal bettet sie den Kopf an meine Schulter und durchbricht so die nächste Grenze zwischen uns. Ihr Haar kitzelt an meinem Hals und sie schiebt sich noch dichter an mich, als wäre es nicht absurd, dass wir uns so nah sind, obwohl wir uns nicht ausstehen können.

»Aber lass uns erst noch ein bisschen hier sitzen, okay?« Bis eben hätte ich fast vergessen, wie betrunken sie ist, aber jetzt spürt man den Alkohol in ihrem Blut mehr denn je. Würde sie mir sonst freiwillig so nah kommen? Weil ich nicht antworte, deutet sie mein Schweigen als Okay und kuschelt sich noch enger an mich. Ihr Arm gleitet über meinen Bauch und ihr Gesicht lehnt sich schwer gegen meine Brust, als wäre ich ihr verdammtes Kissen.

»Kyle?« Schläfrig hängt sie an mir und seufzt wohlig auf. Was zur Hölle geht hier vor?

»Hm?« Etwas unbeholfen lege ich den Arm um sie, auch wenn ich weiß, dass ich einfach gehen sollte. Ich sollte sie hier zurücklassen, auf West und seine Forderung scheißen, und nach Hause fahren. Ohne sie. Aber ich kann nicht. »Liza hatte recht … so übel bist du gar nicht.«

LIANA

Nachdem wir weitere Minuten einfach nur auf dem Boden in den Damentoiletten gesessen haben, sitzen wir jetzt in Kyles Van. Liza war zu beschäftigt mit einem von Kyles Arbeitskollegen, sodass sie keine Lust hatte, uns schon zu begleiten. Sie meinte, sie würde sich später ein Taxi nehmen, und dass wir uns keine Gedanken machen müssen.

Und trotzdem ist es seltsam, jetzt mit ihm allein zu sein. Vor allem, da wir uns seit einer halben Stunde nicht einmal angezickt oder beleidigt haben. Im Grunde genommen, bin ich ihm sogar dankbar dafür, dass er meinen Wunsch, zu gehen, sofort akzeptiert hat, obwohl er sonst alles daransetzt, mich von sich zu stoßen.

»Du hättest auch noch bleiben können.« Meinen Kopf lehne ich gegen das Fenster und so starre ich nach draußen. Ich liebe die Sterne, und umso mehr hasse ich es, dass man sie in New York fast nie zu Gesicht bekommt, weil es nachts einfach zu hell ist.

In diesem Punkt beneide ich Ivory und West für ihre Entscheidung, die Stadt hinter sich gelassen zu haben. Was nicht heißt, dass ich deshalb gleich das Land verlassen würde.

»Glaubst du, dass ich gerne auf diesen Galas bin?« Dass er mich ansieht, bemerke ich sofort, tue aber so, als würde es mir nicht auffallen.

Dabei haben mich seine Blicke schon am Flughafen nicht kaltgelassen, viel eher haben sie mich direkt auf die Palme gebracht.

Im Radio spielt *How Will I Know* von Jessica Folker, und obwohl ich das Lied liebe, würde ich am liebsten weiterschalten. Der Song ist definitiv zu traurig für einen Abend wie diesen, der mich emotional ohnehin schon in seinen Klauen hat.

»Keine Ahnung. Es gibt kostenlosen Alkohol und dürftige Häppchen.« Von denen ich vielleicht zwei abbekommen habe! Der Rest war schneller weg, als man A sagen konnte. Kyle lacht unterdrückt, und als ich ihn ansehe, gefriert das Lachen sofort wieder. So als würde er mir bloß nicht zeigen wollen, dass er lachen kann.

»Du kannst ruhig lachen, wenn ich dich ansehe. Das ist kein Verbrechen, weißt du?«, albere ich, um mich auf andere Gedanken zu bringen und kurz zu vergessen, dass ich gerade einen Nervenzusammenbruch vor ihm hatte.

Meine Mutter hat mir immer gesagt, dass ich stark sein muss, vor allem in Anwesenheit von Männern. Und das erste Mal habe ich diese Stärke gebrochen. Nicht einmal, als sich in Detroit mein Leben innerhalb einer Nacht änderte, habe ich jemandem gezeigt, wie es in mir aussieht. Stattdessen habe ich jeden Albtraum einfach wie eine bittere Pille geschluckt. Kyles Mundwinkel zucken nach oben, gleiten aber genauso schnell wieder herunter.

Jetzt konzentriert er sich voll und ganz auf die Straße. Je weiter wir wieder in den Stadtkern fahren, desto voller werden auch die Straßen. Fast gehe ich davon aus, dass Kyle mir nicht mehr antworten wird, aber Sekunden später belehrt er mich eines Besseren und teilt seine Lippen.

»Wenn ich lache, könntest du noch falsche Schlüsse daraus ziehen.«

»Und wie sollten die Schlüsse aussehen?«, frage ich ihn neckisch. »Glaubst du, ich denke dann, dass du mich in Wirklichkeit magst?« Wieder dieses Zucken seiner Mundwinkel.

Und wieder klingt meine Abneigung gegen ihn etwas ab. Immerhin hat er mich vorhin gehalten, als ich ihn am meisten gebraucht habe. Und jetzt fährt er mich zu sich nach Hause, obwohl seine Freundin noch auf der Party ist. Mit einem wildfremden Kerl! Definitiv sollte ich herausfinden, was es mit ihrer Beziehung auf sich hat.

»Zum Beispiel?«, beantwortet er meine Frage mit einer Gegenfrage. Das Lied ist mittlerweile verstummt, und als ein Song von Metallica gespielt wird, atme ich erleichtert auf. Das ist es, was ich jetzt brauche!

»Keine Sorge, so naiv bin ich nicht.« Dabei sieht jeder Blinde, dass Kyles Mauer langsam zu bröckeln beginnt. Ich beobachte sein Profil. Die gerade Nase, der leichte Bartschatten, die immer leicht in Falten gelegte Stirn. Mir brennen so viele Fragen auf der Zunge, seit er mich aus dem Käfig geholt hat, aber bis jetzt war ich mir immer sicher, keine Antwort zu bekommen. Nur jetzt – in diesem Moment – fühlt es sich irgendwie anders mit ihm an. Offener. Ehrlicher.

»Was schuldest du West?« Als ich ihn erwähne, verkrampfen sich seine Finger am Lenkrad. Mist. Ich wusste, dass ich lieber den Mund halten sollte. Kyle bleibt erst stumm, entschließt sich aber letztendlich doch, mir zu antworten. Und wieder zeigt er mir damit, dass ich mich vielleicht doch in ihm täusche.

»Ich hatte eine ziemlich üble Phase«, ist alles, was er sagt. Neugierig ziehe ich die Beine auf den Sitz und beobachte ihn ganz genau. Stelle mir vor, was er mit dieser Phase meinen könnte.

»Was für eine? Hattest du einen Iro und Piercings in deinen Nippeln?« Mein Witz kommt nicht sonderlich gut an, also beiße ich mir auf die Zunge und warte, bis er mir mehr anvertraut. Dabei verstehe ich immer noch nicht, was sich geändert haben soll. Wir kennen uns nicht, und doch gibt es einen Teil in mir, der das zu gern ändern würde. Dabei hat der Kerl mir bis jetzt kaum Gründe gegeben, wegen denen ich ihn mögen sollte.

»Drogen, Nutten …«, nennt er zwei Punkte, wobei mich gerade der zweite hellhörig werden lässt. »Hast du nicht gesagt, du kannst Nutten nichts abgewinnen?« Ja, ich erinnere mich sogar noch sehr gut daran! Wieder treffen sich unsere Blicke flüchtig.

»Glaubst du alles, was man dir sagt?«, will er interessiert wissen. Glaube ich das? Eigentlich hinterfrage ich vieles, aber diese eine Sache habe ich ihm sofort abgekauft. Ich zucke mit den Schultern.

»Du bist einfach ein guter Lügner. Und das ist kein Kompliment!« Mein Blick wandert zu Kyles Händen, die immer noch das Lenkrad fest umklammern, sodass man die Adern an seinen Händen sehen kann. Er steht völlig unter Strom und zu gern würde ich wissen, wieso er so reagiert.

»Jedenfalls war ich eine Zeit lang in ziemlich üblen Kreisen unterwegs. Und dabei habe ich nicht nur Bekanntschaft mit Leuten wie West gemacht, sondern auch mit Leuten wie dem Besitzer des *Golden Cage*.« Als er Tristan ins Spiel bringt, verkrampfe ich mich sofort auf meinem Sitz.

Kyle bemerkt, dass ich Panik bekomme und fährt im nächsten Moment, der sich uns bietet, rechts ran, ohne dass ich ihn darum bitten muss. Sobald der Motor abgestellt ist, schnalle ich mich ab, reiße den Wagen auf und springe heraus, um frische Luft zu bekommen. Es dauert keine zwei Sekunden, bis Kyle bei mir ist.

»Hey, ist alles okay?«

Nein!

Nichts ist okay.

Nichts.

»Du kanntest Tristan?«, frage ich mit zitternden Lippen und pochendem Herzen. Diesen Namen nach Monaten des Schweigens wieder auszusprechen, sorgt für einen unerträglichen Schwindel in mir. Selbst die kühle Luft kann mir da nicht helfen, den Nebel in meinem Kopf zu lichten.

»Kanntest?« Kyle steht direkt vor mir, seine Augen sehen fragend in meine. Das Hemd hat er aufgeknöpft, seine Krawatte hängt nur lieblos an seinem Hals. Er sieht viel zu gut aus für meine Verfassung, in der ich alles tun würde, um Tristan aus meinem Kopf zu bekommen.

Sekunden später schlinge ich meine Arme um seinen Nacken, ziehe ihn an mich heran und so stoßen wir gemeinsam gegen seinen Van. Das kühle Metall lässt mich erschaudern, und als sich unsere Lippen treffen, entflieht mir ein heiseres Stöhnen. Gefolgt von seinem bedrohlichen Knurren. Unsere Zungen tanzen miteinander, verzweifelt, leidenschaftlich. Alles … ich tue alles, um diese Bilder aus meinem Kopf zu bekommen.

Kyles Hände liegen an meinen Hüften, wandern langsam herunter, bis sie den Saum meines Kleides treffen und nach oben zerren. Seine Finger wandern zu meinem Arsch, und gerade als ich meinen letzten Verstand über Bord werfen will, wird mir klar, wie falsch das hier ist.

Liza!

Liza ist seine Freundin!

Und sie war viel zu nett zu mir, als dass sie so etwas verdient hätte! Schnell löse ich mich von Kyle und knalle ihm meine flache Hand mit voller Wucht ins Gesicht. Verdutzt sieht er mich an, lässt von meinem Hintern ab und reibt sich die Wange.

»Was zur Hölle?« Wie eine Furie zerre ich mein Kleid herunter und versuche, meine Gedanken und Gefühle zu sortieren. »Du bist ein Arschloch!«

»Ich? Du hast mich geküsst wie eine Irre!« Er deutet auf sich und weiß immer noch nicht, was er falsch gemacht hat. Ist er wirklich so blind? »Du hast eine Freundin, verdammt!« Ich raufe meine Haare und lege den Kopf in den Nacken.

Und als ich in den schwarzen Himmel starre und einen Stern an ihm entdecke, ist das fast ein Wunder für mich. Kyles Lachen macht den kurzen Moment jedoch schnell wieder kaputt. Als wäre das seine Hauptaufgabe. »Was gibt's da zu lachen? Man sollte seine Freundin nicht betrügen.« Noch immer verstummt sein Lachen nicht, was mich nur noch wütender macht. Was glaubt der Kerl eigentlich, wer er ist?

Doch anstatt mir eine Antwort zu geben, lässt er mich hier in der Kälte stehen und geht zur Fahrertür. Sobald er eingestiegen ist, überlege ich, was ich tun soll. Einsteigen oder hierbleiben?

Dabei bleibt mir nichts anderes übrig, als mit ihm zu fahren, wenn ich nicht als gefundenes Fressen für die vorbeifahrenden Autos enden will. Murmelnd pflanze ich meinen Arsch auf den Beifahrersitz und schnalle mich an, Kyles Lachen ist immer noch präsent. Seine Augen sehen in meine, meine Lippen lechzen regelrecht nach seinen. Wieso muss der Idiot auch so gut küssen können? Ohne noch etwas zu sagen, startet Kyle den Motor. Während ich mich in den Sitz kuschle und versuche, zu vergessen, was ich gerade getan habe.

***

Das mit dem Vergessen hat nicht sonderlich gut funktioniert, und so denke ich immer noch an seine Lippen, als wir das Haus betreten. Den Rest der Fahrt haben wir geschwiegen, was mir ganz recht kam, so konnte ich wenigstens keine albernen Dinge sagen, die ich eh nicht so gemeint hätte.

»Ich sollte ins Bett gehen«, sage ich müde und fühle mich plötzlich wie überfahren. Kyle legt seine Schlüssel auf die Kommode, schält sich aus seinem Jackett und schmeißt es gekonnt auf den Kleiderständer, an dem es sofort hängen bleibt. »Solltest du …« Doch gerade, als ich mich umdrehe, hält er mich schon wieder zurück. »Was war das vorhin? Wieso bist du so ausgerastet, als ich Tristan erwähnt habe?«

Seine Frage zieht mich augenblicklich zurück in dieses schwarze Loch, vor dem ich seit Monaten zu fliehen versuche. Ich will einfach weitermachen, ohne an seine toten Augen denken zu müssen, sobald ich meine schließe. Weil ich nicht antworte, kommt Kyle auf mich zu, bis er dicht vor mir steht.

»Hat er dir etwas angetan?« Eigentlich dachte ich, dass mein Ausrutscher vorhin Grund genug für ihn wäre, mich wieder zu hassen, aber in seinen grauen Augen kann ich keinen Hass sehen. Sondern nur … Sorge? Um mich? Bullshit.

»Ich will nicht darüber reden«, weise ich ihn ab. Doch Kyle interessiert nicht, was ich sage, stattdessen kommt er mir noch näher, bis ich mit dem Rücken gegen die Kommode stoße. Wieder sind wir uns zu nah. Und wieder gibt es da diesen Drang in mir, der sich an ihn schmiegen will.

Den Teil, der nach seinen Lippen lechzt. Kyles Duft umgibt mich, und ehe ich ein zweites Mal an diesem Abend die Kontrolle verlieren kann, kommt er mir zuvor. Nicht, indem er mich küsst, nein. Kyle nähert seinen Mund meinem Ohr und sein warmer Atem kitzelt mich an der empfindlichen Stelle darunter.

»Und nur, damit du es weißt«, murmelt er mit dunkler Stimme. Gott, wieso muss seine Stimme so sexy sein? Wieso vereint der Kerl alles in sich, was mich um den Verstand bringt?

»Liza und ich …« Wieder diese lange Pause, in der ich mich nur auf seine Atmung konzentrieren kann. »… sind kein Paar.« Und mit diesen Worten löst er sich von mir und verschwindet mit großen Schritten im Flur. Tausend Worte liegen auf meiner Zunge, aber ich kriege keines davon heraus. Wieso behauptet er, dass sie kein Paar sind, obwohl Liza da anderer Meinung ist? Und die viel wichtigere Frage … wieso erleichtert es mich?

Genervt von mir und meinen Gefühlen, streife ich mir die Schuhe von den Füßen und gehe in mein Zimmer. Schäle mich aus meinem Kleid, werfe es auf den Boden und steuere anschließend das Bad an. Ich brauche dringend eine kalte Dusche, um meine verbrannten Nerven abzukühlen!

KYLE

Lianas Zusammenbruch geht mir immer noch durch den Kopf, auch, als sie längst im Bett ist und schläft. Aber was mich noch viel mehr beschäftigt, ist das, was danach passiert ist. Wann habe ich aufgehört, sie zu verabscheuen? Es hat eine Sekunde gebraucht, bis ich genug von ihr hatte, obwohl ich sie nicht kannte.

Und jetzt soll ein Moment all das verändern? Bullshit! Ich sitze im Wohnzimmer auf dem Sofa, ein Glas Whiskey in der Hand und in der anderen mein Handy.

In meiner Wut zu Beginn des Abends habe ich West ein Foto von Liana und Liza auf der Gala geschickt, um ihm eins auszuwischen, seitdem klingelt mein Telefon ununterbrochen.

Bis jetzt bin ich dem Gespräch aus dem Weg gegangen, aber ich weiß, dass ich ihn nicht ewig hinhalten kann. Bei meinem Pech kreuzt er noch heute Nacht hier auf, wenn ich ihm nicht versichere, dass es ihr gut geht. Also nehme ich das Gespräch beim sechzehnten Mal schließlich an. »Was zur Hölle hast du dir dabei gedacht?« Ich habe ihn schon des Öfteren wütend erlebt, aber ich glaube, jetzt habe ich ein neues Level bei ihm freigeschaltet. West schnauft wie ein wild gewordenes Tier, während ich den Kopf in den Nacken lege und die Augen schließe.

Doch sobald meine Lider zu sind, sehe ich wieder Liana und diesen albernen Kuss an meinem Van vor mir und bereue es sofort. Ich spüre ihre nackte Haut an meinen Händen und schmecke sie trotz des Alkohols auf meiner Zunge.

»Deine kleine Freundin wollte mitkommen. Sie hat mich regelrecht angebettelt.« Gott, ich bin so kaputt. Und doch halte ich an meiner Lüge fest. Ich öffne die Augen wieder und starre stattdessen an die Decke.

»Du hattest nur zwei Aufgaben, Kyle. Zwei verfickte Aufgaben!«

»Entspann dich, Alter. Sie liegt im Bett und schläft wie ein Baby.« Das vermute ich jedenfalls. Aber ich werde einen Teufel tun und mich heute noch mal ihrem Zimmer nähern. Der Abend hat meine Nerven verbrannt, der Whiskey in meinem Blut tut sein Übriges. Und ich bin mir sicher, dass ich auch die letzte Grenze überschreiten würde, wenn ich ihr heute noch mal unter die Augen treten sollte.

»Das will ich auch für dich hoffen, sonst wird dir das Lachen bald vergehen«, grummelt er. »Und bevor du noch mal auf die Idee kommst, mich zu verarschen: Ich werde noch in dieser Woche nach New York kommen. Dir kann man eh nicht trauen.« Der Whiskey bleibt in meinem Hals stecken und plötzlich sitze ich kerzengrade auf dem Sofa.

»Du kommst her«, murmle ich und könnte mir eintausend Dinge ausmalen, die ich lieber tun würde, als ihm unter die Augen zu treten. Als mir von ihm sagen zu lassen, dass ich ein Schlappschwanz bin, der nichts auf die Reihe bekommt. West antwortet nicht mehr, stattdessen legt er einfach auf.

Wichser.

Wieder lehne ich mich zurück und will die Ruhe genießen, die jedoch schon einige Sekunden später durch ein lautes Poltern unterbrochen wird. Gefolgt von einem Kichern und dem Herumdrehen des Türschlosses.

Liza ist zurück.

Ich bleibe derweil auf dem Sofa sitzen und warte, bis sie die Tür ins Schloss hat fallen lassen und sich die Schuhe von den Füßen gestreift hat. Dass sie betrunken ist, würde man selbst zehn Straßen weiter noch hören.

»Kyle, Babe.« Kichernd kommt sie ins Wohnzimmer, stellt sich direkt vor mich und setzt sich rittlings auf meinen Schoß, aber anstatt die Situation auszunutzen, weise ich sie das erste Mal ab und schiebe sie von mir. »Hey, Babe. Was ist los?« Wieder krallt sie sich an mir fest, und ich muss sie nicht einmal fragen, um zu wissen, dass sie es mit diesem Schnösel getrieben hat. Ihr Lippenstift ist vom Knutschen verwischt, ihre Haare sehen aus wie nach einem Fick, und sie stinkt nach Sex.

Doch das ist es nicht, was mich wütend macht. Im Grunde genommen, ist es mir scheißegal, mit wem sie pennt ... eine Tatsache, die mich dazu anregt, unsere Art der Beziehung das erste Mal zu hinterfragen. Was bringt eine Frau an deiner Seite, wenn du sie mit jedem Kerl in New York teilen musst und kein Problem damit hast?

»War er gut im Bett?«, frage ich sie, aber eigentlich gibt es nichts, was mich noch weniger interessiert. Liza schiebt schmollend ihre Unterlippe nach vorne. »Bist du etwa eifersüchtig?« Sie tätschelt meine Wange, aber ich schiebe auch ihre Hand wieder von mir herunter.

»Nein. Aber du hast Liana aus den Augen gelassen.« Mit diesen Worten habe ich sie auf dem Sofa abgesetzt und bin aufgestanden. Liza versucht, aufzustehen, aber ihre Beine sind zu wackelig. Ich sehe diese Frau an, die seit einigen Monaten hier bei mir wohnt, weil sie keine andere Bleibe hat, und empfinde nichts dabei.

»Ich wollte nur aufs Klo!«, verteidigt sie sich schwach. »Nur aufs Klo? Sie hatte eine verdammte Panikattacke, als du weg warst! Es war DEINE Idee, sie mit auf die Gala zu schleppen, und dann entziehst du dich wie immer jeder Verantwortung!« Ich will sie nicht anschreien, aber meine Stimme und ihre Lautstärke verselbstständigen sich.

135

»Und seit wann interessiert es dich? Hasst du sie nicht eh?« Verdutzt sieht sie mich an, und ich kann ihre Verwirrung sogar verstehen. Trotzdem kotzt es mich an. Liza hat den Kampf, aufstehen zu wollen, aufgegeben, wie eine Leiche hängt sie auf dem Sofa und widert mich an.

»Hast du Liana gesagt, dass wir ein Paar sind?«, will ich von ihr wissen, auch wenn ich mir sicher bin, dass sie schon zu durch ist, um mir noch klare Antworten zu geben. Sie zuckt mit den Schultern unter ihrem schwarzen Minikleid.

»Kann schon sein.«

Ich wusste es.

»Ich will, dass du gehst.« Ein Satz, der eigentlich schon lange überflüssig ist. Die Liza, die jetzt vor mir auf dem Sofa liegt, bekomme ich öfter zu Gesicht als die nüchterne. Jeden zweiten Abend schießt sie sich auf irgendwelchen Veranstaltungen ab und geht mir dann hier auf die Eier. Ihre Augen werden groß, und es wundert mich, dass sie den Ernst der Lage zu checken scheint.

»Du wirfst mich raus?« Hysterisch baut sie sich mit letzter Beherrschung vor mir auf und knallt mir ihre Hand ins Gesicht, so wie Liana vorhin. Nur, dass sie im Vergleich zu Liza wenigstens einen Grund hatte. Immerhin ist sie diejenige, die eben noch einen anderen Schwanz in sich hatte.

Die Frau vor mir nutzt mich schon aus, seit ich sie aus dem Schuppen herausgeholt habe. Der Schmerz auf meiner Wange ist mir egal, und ohne ihr zu antworten, verlasse ich das Wohnzimmer, um mich auf den Weg in mein Bett zu machen.

Ich muss einfach nur diesen grässlichen Abend aus meinem Gedächtnis streichen. »Fick dich, Kyle!« Und mit diesen Worten fällt die Haustür Sekunden später ins Schloss.

LIANA

Seit dem Abend auf der Gala sind einige Tage vergangen. Tage, in denen ich mich hier drin verschanzt habe, Tage, in denen Kyle und ich uns weitestgehend aus dem Weg gegangen sind. Und an keinem der Tage war Liza auch nur in der Nähe des Hauses.

Ich habe ein schlechtes Gewissen, weil ich Kyle geküsst habe, weiß aber, dass mich eigentlich keine Schuld trifft, wenn sie wirklich kein Paar sein sollten. Dass etwas zwischen den beiden nicht stimmt, habe ich schließlich schon am ersten Morgen hier mitbekommen.

Es ist schon wieder spät am Abend, und doch bekomme ich seit Stunden kein Auge zu. Ich wälze mich von links nach rechts, versuche sogar, Schafe zu zählen, aber alles ist sinnlos.

Immer, wenn ich die Augen schließe, kommen die Gedanken wie ein Tornado angerast und halten mich wieder einmal von meinem Schlaf ab. Die Spannung zwischen Kyle und mir ist immer noch präsent, jedes Mal, wenn wir in einem Raum sind. Auch wenn er es abstreiten würde – ich spüre seine Blicke immer auf mir. Ich weiß nur noch nicht, was sie zu bedeuten haben. Aber ich habe mir vorgenommen, es herauszufinden, solange ich noch hier bin und ohnehin nichts Besseres zu tun habe.

Genervt stehe ich schließlich auf, schlage die Bettdecke unachtsam zurück und stapfe durch das Zimmer zur Tür. Vielleicht kann ich schlafen, wenn ich mir ein bisschen die Beine vertreten und meinen Gedanken Raum gelassen habe. Vermutlich wird es mich aber nur noch wacher halten.

Der kühle Boden nimmt mir sofort die Wärme des Bettes und so friere ich an den nackten Beinen, als ich ins Wohnzimmer schlurfe. Automatisch wandere ich in Richtung offener Küche, aber als ich Kyles Stimme aus dem Off höre, halte ich inne. Erst auf den zweiten Blick entdecke ich ihn schließlich am Fenster. Er steht davor, das Handy am Ohr, und starrt nach draußen auf den Garten, der in den letzten Tagen meine einzige Freiheit darstellte und jetzt vom Regen unter Wasser gesetzt wird.

»Wie heißt der neue Besitzer des Clubs?«, will er angespannt wissen, und sofort bin ich mit meiner vollen Aufmerksamkeit bei ihm. Ob er vom *Golden Cage* redet? Ich gehe dichter an ihn heran, setze mich auf die Lehne des Sofas und belausche das Gespräch. Immerhin interessiert es mich noch brennender als ihn, wem der Laden jetzt gehört und wer mich dorthin gebracht hat. Bis jetzt tappe ich immer noch völlig im Dunkeln und weiß nicht, wer Interesse daran haben könnte, mir das Leben zur Hölle zu machen.

»Okay. Ja, ich kenne ihn. Vom Hören jedenfalls ...« Kyle klingt nicht erleichtert, aber auch nicht schockiert, während es mir unter den Nägeln brennt, zu ihm zu rennen, ihm das Handy abzunehmen und selbst nachzufragen, was ich wissen will. Einen Moment lang bespricht er noch etwas mit der Person am anderen Ende der Leitung, und als er sich schließlich zu mir umdreht, scheint er nicht einmal erschrocken zu sein, mich zu sehen.

»Wer war das?«, will ich neugierig wissen und bleibe auf meinem Posten. Draußen regnet es schon seit Stunden in Strömen und so donnern die Tropfen aufs Dach der Terrasse. Kyle legt sein Handy auf dem Wohnzimmertisch ab und rauft sich die Haare.

»Nur ein alter Bekannter. Wusstest du, dass Tristan als tot gilt?« Er legt die Stirn in Falten, während mir die Luft aus den Lungen gesaugt wird. Mein Kopf schmerzt in Sekundenschnelle, als hätte ich ihn mehrere Male gegen die Wand gedonnert. Meine Atmung flacht erneut ab, wie bei meiner kleinen Panikattacke auf der Gala. Sofort ist Kyle wieder bei mir. Dort, wo sonst nur Abscheu in seinen Augen aufleuchtete, flimmert jetzt Sorge.

»Hey, alles okay?« Doch alles, was ich tun kann, ist, den Kopf zu schütteln. Es dauert nicht lange, bis ich mich in seine Arme werfe und von ihm halten lasse, auch wenn es falsch ist, in ihm meinen Trost zu suchen. Was wird er von mir denken, wenn er die Wahrheit erfährt? Wird er mich rausschmeißen, weil er nicht mit einer Mörderin unter einem Dach wohnen will? »Hey«, wiederholt er und hebt mit der Hand mein Kinn an, bis ich ihn ansehe. »Sag, was du sagen willst.« Als würde er ahnen, dass ich etwas damit zu tun habe …

»Ich … ich …« Mein Stammeln bringt mich noch mehr aus der Fassung. »Ich habe den Abzug gedrückt«, gestehe ich ihm schließlich. Innerlich spielen sich die Bilder wie in einem Film vor mir ab. Ich spüre das Material der Waffe in meiner Hand.

Sehe Tristan, der sich an Ivory vergeht und die Angst in ihren Augen. Und dann höre ich den Schuss wie in Dauerschleife. Das dumpfe Geräusch, als sein Körper am Boden aufschlug.

Kyle antwortet nicht, stattdessen hält er mich immer noch. Wie kann er mich einfach halten, nach dem, was ich gerade gesagt habe? Mit Tränen in den Augen sehe ich zu ihm auf, aber er verzieht keine Miene. Als hätte ich gerade lediglich gesagt, wie mein Tag war, und nicht, dass ich einen Menschen auf dem Gewissen habe. Okay, Tristan war ein Monster, aber trotzdem hatte er ein menschliches Herz, das in seiner Brust schlug.

»Willst du nichts dazu sagen?«, frage ich ihn mit erstickter Stimme. Kyle zuckt mit den Schultern. »Es gibt keinen Grund, der für ihn spricht. Dieser Mann hat viel Schlimmeres als den Tod verdient.« Er denkt einen Moment nach. »Hast du deshalb letztens so reagiert, als ich seinen Namen erwähnt habe?«

Ich nicke.

Beim Gedanken an die Situation in seinem Wagen wird mir schwindelig.

»Wer weiß davon?«, will er wissen, und wieder breitet sich Panik in mir aus. Ja, ich habe Ivory beschützt. Aber im Grunde genommen, war es eine Genugtuung, ihm eine Kugel zu verpassen, nachdem er mir so viele Freundinnen entrissen hat. Nach all seinen gierigen Blicken, mit denen er mich im Club bedacht hat. Er musste nicht aussprechen, dass er mich nackt unter sich sehen wollte, seine Blicke hatten ihn längst verraten.

»Nur Ivory und West.« Ich hoffe jedenfalls, dass die beiden die Einzigen sind. Doch wenn ich mir in einer Sache sicher bin, dann in der, dass sie mich nie verraten würden. Immerhin habe ich beiden den Arsch gerettet.

»Was hast du herausgefunden? Wer leitet den Club, wenn nicht Tristan?« Ich habe Angst vor der Antwort, was mir Kyle sofort anmerkt. Wann zur Hölle ist dieser Kerl zu meinem Halt geworden? Ich weiß immer noch zu wenig über ihn und er kaum etwas über die Frau, die ich bin.

142

Und doch fühlt es sich im Augenblick an, als wäre er die einzige Konstante, die mich vorm Zusammenbruch schützt.

»Du kennst doch noch den Handlanger von West im *Silver Wings*, oder?« Meine Gedanken spielen russisch Roulette. Und als ich weiß, worauf Kyle hinauswill, reiße ich die Augen auf.

»Moment … Fernandez? Willst du mir wirklich sagen, dass Fernandez jetzt das Sagen in beiden Clubs hat?« Mir wird übel, wenn ich allein an ihn denke. An seine schmierigen Blicke und die Selbstverständlichkeit, mit der er uns Frauen angesehen und behandelt hat. Fernandez war immer nur ein kleines Licht in Wests Schatten … bis West entschied, seine Sachen zu packen und alles hinter sich zu lassen. Kyle nickt angespannt.

»Aber was hätte er davon, dich zu kidnappen? Du hast doch im *Silver Wings* gearbeitet?« Er scheint genauso wenig zu verstehen, was all das zu bedeuten hat. Fernandez hätte keinen Grund gehabt, mich am Flughafen abzupassen.

Er hätte es viel leichter haben können! Doch egal, wie stark ich darüber nachdenke, ich komme zu keinem schlüssigen Ergebnis. Noch immer donnert der Regen aufs Dach und es kann nicht lange dauern, bis die ersten Gewitter über New York fegen.

»Ich weiß es nicht. Wir müssen West sagen, was wir herausgefunden haben«, sage ich entschlossen. Er ist der Einzige, der Fernandez wirklich gut kennt. Kyle hält mich immer noch, und gerade, als ich mich gegen ihn fallen lassen will, werden wir unterbrochen. Etwas wird hinter uns am Boden abgestellt.

»Darum bin ich hier.« Erschrocken drehen wir uns um, und als ich West gegenübersitze, ist es, als würde die Welt für einen kurzen Moment wieder in Ordnung sein. Es dauert keine drei Sekunden, bis ich mich von Kyle gelöst habe und in Wests Arme gelaufen bin. Er sieht so anders aus.

Seine Haare sind kürzer, sein Bart dafür dichter als sonst. Nur seine silbernen Augen sind immer noch dieselben. Er hält mich fest und vergräbt das Gesicht in meinem Haar. Sein Geruch wiegt mich und sofort fühle ich mich zu Hause, weil er Jahre lang mein Zuhause war. Er war nie nur mein Boss, er war immer ein Freund für mich.

»Ich bin so froh, dass es dir gut geht«, murmelt er mir zu und sieht mich an. »Wenn ich gekonnt hätte, wäre ich viel früher hier gewesen. Aber Ivory und den Kindern ging es nicht gut.« Ich sehe mich hinter ihm um, aber West ist allein, was mich enttäuscht die Schultern hängen lässt. Er versteht sofort, was ich ihm damit sagen will.

»Keine Sorge, die drei sind im Hotel und ruhen sich aus. Der Flug war anstrengend für die Kinder.« Sofort blitzen meine Augen auf. Wenn ich jemanden vermisst habe, dann ist es meine beste Freundin! Plötzlich tritt Kyle hinter mich, und als West ihn ansieht, gefriert sein

Lachen zu Eis. »Hallo, Bruder«, spottet Kyle, was mich nur den Atem anhalten lässt. Verwirrt sehe ich zwischen den beiden hin und her. »Bruder?«, wiederhole ich das Wort verdutzt. »Ihr seid Geschwister?« Wieso ich so hysterisch klinge, kann ich mir selbst nicht erklären. Viele Menschen haben viele Geschwister. Aber die beiden?

»Ich meine ... ich wusste nicht, dass du einen Bruder hast!« Mein Blick wandert zu West, der immer noch wenig begeistert von Kyles Begrüßung zu sein scheint. Zwischen den beiden herrscht Winter mitten im Sommer.

»Ich bis vor einigen Jahren auch nicht«, antwortet West verbissen. Seine Aufmerksamkeit gilt voll und ganz dem Mann hinter mir, der mir jetzt wieder so nah ist, dass ich kaum klar denken kann. Wieso hat Kyle mir nicht erzählt, *wer* er ist? Er hat immer nur gesagt, dass er in Wests Schuld steht, aber nicht, dass sie verwandt sind. Doch was hätte das schon geändert? Richtig – nichts.

»Ich fasse es nicht!« Mit diesen Worten husche ich zur Seite, damit ich nicht mehr zwischen ihnen stehe, und versuche, die Ähnlichkeit der beiden zu finden. Aber bis auf die grauen Augen könnten sie kaum unterschiedlicher aussehen. Wests Haar ist fast schwarz, Kyles eher goldfarben. West ist schmächtiger als Kyle, und bis auf die mürrischen Blicke haben sie optisch wenig gemein.

»Okay, Jungs, euer Angestarre ist wirklich gruselig! Was haltet ihr davon – ich ziehe mir was Ordentliches an und dann setzen wir uns zusammen hin und trinken was?« Weil keiner von beiden antwortet, nehme ich die Zügel selbst in die Hand, laufe in mein Zimmer und ziehe mir eilig die erstbesten Sachen über, die ich greifen kann.

Kyle und West … Brüder? In welchem Film bin ich hier nur gelandet?

KYLE

»Du hättest ruhig Bescheid sagen können, dass du hier aufkreuzt.« Meine Aufmerksamkeit liegt voll und ganz auf der Minibar, an der ich mich jetzt bediene. Ich habe heute mit allem, nur nicht mehr mit ihm gerechnet.

»Soweit ich weiß, ist das hier immer noch meine Immobilie«, antwortet er herablassend wie immer. Es ist nicht so, dass wir uns hassen. Nur so, dass wir dem anderen nicht sonderlich viel abgewinnen können. Wenn man jahrelang nichts von der Existenz seines Bruders wusste, ist es schwer, ihn plötzlich als Familie anzusehen.

»Auch eins?« Ich halte ihm ein Bier hin, das er dankbar annimmt, an der Kante meiner Küchenzeile öffnet und den Kronkorken ins Waschbecken fallen lässt. Danach lehnt er sich gegen die Spüle und sieht mich musternd an.

»Du magst sie«, sind seine ersten Worte heute, die nicht vor Abneigung strotzen. Dass er Liana meint, ist mir bewusst. Aber was soll das? Es geht ihn einen

147

Scheiß an, was ich empfinde. Ganz davon abgesehen, dass ich sie sicherlich nicht mag, nur, weil ich sie mittlerweile dulde.

»Wenn du glaubst, dass ich auf Frauen wie sie stehe«, spiele ich seine Anmerkung herunter und leere die Hälfte meiner Flasche in einem Zug. West sieht sich in der Küche und im Wohnzimmer um, als wäre er auf der Suche nach etwas. Oder nach … jemandem.

»Wo ist …«

»… Liza?« Er muss ihren Namen nicht aussprechen, damit ich weiß, worauf er hinauswill. West mochte Liza immer mehr als mich, was ich ihm nicht mal verübeln kann. Seit unserem Streit nach der Gala hat sie sich nicht mehr hier blicken lassen, geschweige denn sich bei mir gemeldet. Vielleicht tut uns der Abstand gut.

»Das mit uns hat nicht funktioniert.« Wieso erzähle ich ihm das eigentlich? Es geht ihn einen Scheiß an, und normalerweise interessiert er sich auch herzlich wenig für mein Liebesleben. West stellt das Bier neben mir ab und baut sich vor mir auf. Dass er kleiner als ich ist, ist ihm dabei anscheinend egal. Weil er weiß, dass er mich mit dem Haus in der Hand hat.

»Solltest du Liana wehtun … werde ich dir wehtun.« Seine Drohung lässt mich nur lachen. Das kann er unmöglich ernst meinen! Aber seine Miene bleibt kalt wie Stahl und mir wird bewusst, dass er es sehr wohl ernst meint. Eine Tatsache, die mich nur den Kopf schütteln lässt.

Ich ziehe einen Mundwinkel nach oben, leere mein Bier und lasse die leere Flasche ebenfalls ins Waschbecken rollen. Anschließend bin ich es, der sich vor ihm aufbaut, obwohl er der Ältere von uns ist.

»Da hab ich aber Angst«, ziehe ich ihn auf. Seine Augen verdunkeln sich, wie jedes Mal, wenn er Lust hat, mir seine Faust ins Gesicht zu rammen. Im Endeffekt zieht er trotzdem immer wieder den Schwanz ein, bevor es ernst werden kann. Weil er jetzt der ach so vorbildliche Vorzeigevater sein muss, der Gewalt verabscheut.

»Solltest du auch.« Er hält an dem Blickduell fest, und lässt erst ab, als sein Handy vibriert. Als er eine Nachricht auf dem Display von Ivory entdeckt, weicht seine Miene sofort auf. Typisch Superdaddy.

»Sag Liana, dass ich gleich zurück bin. Ich hole meine Familie her.« Mit diesen Worten stopft er das Handy in seine Tasche und verlässt die Küche ohne ein weiteres Wort.

»Moment Mal – werde ich eigentlich auch noch um Erlaubnis gefragt?«, rufe ich ihm hinterher, aber er dreht sich nicht mal in meine Richtung um. Stattdessen geht er unbeirrt weiter Richtung Flur. Als die Tür ins Schloss fällt, greife ich automatisch zur Minibar, um mir etwas Stärkeres zu holen. Wenn ich West und sein perfektes Familienleben ertragen will, wird Bier nicht reichen.

LIANA

Obwohl ich nur zwei Minuten zum Umziehen gebraucht habe, fehlt sowohl von West als auch von Kyle jede Spur. Ein Blick auf die Auffahrt zeigt mir, dass Wests Wagen nicht da ist, Kyles Van hingegen schon.

Ich hole mein Handy heraus und schreibe beiden eine Nachricht, in denen ich sie frage, wo zur Hölle sie abgeblieben sind. Entweder, sie haben sich die Köpfe eingeschlagen, wozu zwei Minuten Zeit definitiv reichen, oder sie wollen mich verarschen. Bei Kyle vermute ich Letzteres, bei West Ersteres.

Genervt gehe ich in den Wohnbereich und überlege mir, wie ich die Zeit totschlagen soll, bis sich einer von beiden gemeldet hat. Im TV läuft um diese Uhrzeit nur Unsinn, und so entscheide ich mich schon nach einem Erotikwerbesport dafür, ihn wieder auszuschalten und stattdessen auf Erkundungstour durch den Raum zu gehen. Auch wenn ich schon seit einigen Tagen hier wohne, habe ich noch nie genauer hingesehen.

Ich fahre mit dem Finger über die schwarze Schrankwand und stelle erstaunlicherweise fest, dass erst Staub gewischt wurde. Öffne einige der Schubladen, in der Hoffnung, mir meine Langweile mit peinlichen Bildern versüßen zu können, finde aber nur lahme Rechnungen und Lohnzettel.

Letztendlich bleibe ich an dem Billardtisch hängen, der so trostlos und unbenutzt in der Ecke steht. Ob Kyle und Liza oft gespielt haben? In der Zeit, in der ich hier bin, hat Kyle nie Besuch empfangen, weder weiblichen noch männlichen. Was meine Annahme, dass der Kerl ein verdammter Einsiedler ist, nur bestätigt. Hätte ich so eine Bude, würde jeden Abend eine Party steigen.

Wenn nicht gerade jemand hinter dir her wäre, der dich in der Hölle sehen will, erinnert mich die Realität wieder an mein Dilemma.

Sofort sind alle positiven Gedanken wie weggeblasen, stattdessen zittere ich am ganzen Körper. Noch immer versuche ich krampfhaft, mich an mehr zu erinnern. An Details, an den Mann, der mich am Flughafen gepackt hat. Aber ich tappe nach wie vor im Dunkeln, und diese Ungewissheit ist das Schlimmste an allem.

Um meinen negativen Gedanken zu entkommen, schnappe ich mir einen Queue aus der Ecke, schmiere etwas Kreide an die Spitze, und positioniere die Kugeln in dem Dreieck auf dem Tisch. Es ist ziemlich trostlos, gegen sich selbst zu spielen, aber bis die Herren meinen, mir wieder Gesellschaft leisten zu können, vergehen gefühlt Jahre.

Also nehme ich das Dreieck heraus, lege es am Boden ab, und setze zum ersten Stoß an. Sofort verteilen sich die Kugeln auf dem grünen Filz, eine halbvolle davon landet direkt im Loch. Ich checke die Lage der restlichen Kugeln, gehe um den Tisch herum, beuge mich vor und setze zum zweiten Stoß an, als ich ein Lachen hinter mir höre.

Ich halte in meiner gebeugten Pose inne, blicke über die Schulter, und entdecke Kyle, der am Türrahmen lehnt und mich amüsiert beobachtet. Sein Blick haftet an meinem Gesicht, aber ich bin mir sicher, dass er meinen Arsch schon längst gescannt hat.

»Alleine ergibt das Spiel wenig Sinn, meinst du nicht?« Er hat die Arme vor der Brust verschränkt, und wie von selbst wandern meine Augen zu dem Shirt, das an seinen Schultern verdächtig spannt. Gott, wo habe ich meine Beherrschung gelassen? Seit wir uns an seinem Wagen nach der Gala geküsst haben, kann ich kaum noch an etwas anderes denken als an seinen Körper.

Ich war noch nie eine Frau, die ihre Hormone nicht im Griff hatte, aber Kyle hat einen Schalter bei mir umgelegt, den ich zu gern wieder ausschalten würde, bevor ich etwas tue, was ich im Endeffekt bereue. Und der Mann hinter mir schreit danach, dass man ihn bereuen wird. »Dann komm und spiel mit, wenn du dich traust«, fordere ich ihn heraus. Sein Blick wird dunkler, was meine Gedanken nicht unbedingt aufhellt. Er stößt sich vom Türrahmen ab, geht an mir vorbei und nimmt sich einen eigenen Queue, den er wie ich mit Kreide bearbeitet. Anschließend sammelt er alle bis jetzt eingelochten Kugeln ein und positioniert sie wieder in dem Dreieck.

»Du darfst anfangen.« Damit gibt er das Spiel frei. Ich positioniere mich und stoße zu. Leider geht dabei keine einzige der Kugeln ins Loch. »Wo ist West plötzlich hin?«, betreibe ich Small Talk, der mich vom Wesentlichen ablenken soll. Und das Wesentliche ist, dass mich Kyles Blicke ziemlich aus dem Konzept bringen und ich deshalb verlieren werde.

»Er holt seine Familie aus dem Hotel her.« Sofort strahle ich über das ganze Gesicht. Ich werde nicht nur Ivory wiedersehen, sondern auch ihre Kinder kennenlernen? Schon seit die Zwerge auf der Welt sind, wünsche ich mir kaum etwas sehnlicher.

Aber nachdem West das Handtuch im *Silver Wings* geworfen hat, musste ich doppelt so viele Schichten übernehmen, weil Fernandez es so wollte. Allein der Gedanke an ihn lässt mich würgen. Und der Gedanke daran, dass er es gewesen sein könnte, der mich ins *Golden Cage* hat bringen lassen … »Du bist dran«, holt Kyle mich aus meinem Loch heraus. »Du hast die Vollen.« Kurz überlege ich, was er meint, doch als ich wieder im Hier und Jetzt bin, straffe ich die Schultern und setze zum Stoß an. Doch auch dieses Mal schaffe ich es, keine der Kugeln einzulochen. So setzt sich das Spiel fort, bis Kyle nur noch vier Kugeln auf dem Platz hat und ich gerade mal vier versenkt habe. Ich brauche eine andere Taktik …

Kyle will gerade zum Stoß ansetzen, als ich mich provokativ auf den Rand des Tisches setze und mich vorbeuge. Seine Aufmerksamkeit wandert von den Kugeln weg zu mir, doch zu meinem Bedauern scheint er meinen Ausschnitt nicht zu bemerken. Stattdessen sieht er mir starr in die Augen.

»Ich weiß, was du vorhast«, murmelt er. »Aber es wird nicht funktionieren. Du wirst verlieren, komm darüber hinweg, Kätzchen.« Kätzchen? Dass ich nicht lache! Seit wann hat er einen eigenen Spitznamen für mich? Ich ziehe die Lippen kraus und imitiere ein Schnurren, aber selbst das lässt ihn ziemlich kalt.

»Wir werden ja sehen.« Ich springe elegant vom Tisch herunter und gehe um ihn herum, während Kyle die nächste Kugel ins Loch jagt, ohne mit der Wimper zu zucken. Tänzelnd bin ich schließlich bei ihm und greife nach seinem Queue, aber er ist immer noch völlig unbeeindruckt. Selbst dann, als ich mit meinen Fingern über das Holz fahre … ganz langsam.

»Du bist unausstehlich, weißt du das?«, will er von mir wissen. Seine Miene ist ernst, seine Stimme auch. Aber ich weiß, dass er in Wahrheit etwas ganz anderes sagen will. Während Kyle den Queue in Position bringt, stelle ich mich hinter ihn. Meine Hände wandern zu seinem Rücken, passieren Wirbel für Wirbel, bis ich schließlich unter seinen Armen nach vorn wandere und mit meiner Erkundungstour fortfahre.

Ich höre, wie sein Atem kurz stockt, und doch lässt er sich nicht von mir beirren und stößt die nächste Kugel ins Loch, bis neben der schwarzen nur noch zwei übrig bleiben und ich meine Niederlage schon schmecken kann.

»Du bist gut«, säusle ich übertrieben beeindruckt, und sein ersticktes Lachen jagt mir Schauer über den Rücken. Meine Hände liegen mittlerweile auf seinen Hüften, und unter seinem Shirt kann ich das V allzu deutlich spüren.

Verdammt, ich sollte definitiv aufhören … Doch als Kyle schließlich zum nächsten Stoß ansetzt und ich meine Chance auf einen Sieg immer weiter davonfliegen sehe, muss ich handeln. Also wandert meine Hand tiefer Richtung Süden, doch ehe ich ihn zwischen seinen Beinen berühren kann, hat er sich zu mir umgedreht, mich gegen den Tisch geschoben und sich hinter mich gestellt.

Seine Hand liegt an meinem Nacken, den er jetzt nach unten drückt, bis ich mich fast gänzlich über den Billardtisch beugen muss. Dass sein Schwanz hart ist, spüre ich an meinem Po, und weil ich mein Spiel auf die Spitze treiben will, bewege ich meinen Hintern an seinem Schritt. Knurrend packt Kyle meinen Nacken fester, bis es fast wehtut, und beugt sich ebenfalls über mich. Sein warmer Atem trifft in heftigen Stößen auf meine erhitzte Haut.

»Du denkst, dass du mit mir spielen kannst?« Denke ich das? Vermutlich schon. Aber die Worte stecken in meinem Hals fest, den er immer noch im Griff hat. Kyles Ständer wird härter, je länger wir einander so nah sind.

»Gut«, sagt er schließlich, packt meine Hüften und dreht mich um. Anschließend hebt er mich auf den Tisch und reißt mir das Oberteil vom Leib. Als er seine Lippen auf mein Schlüsselbein senkt, lege ich den Kopf in den Nacken und genieße. Genieße, dass Kyle mich das erste Mal seit der Aktion auf der Gala so berührt.

»Ich liebe es, zu spielen.« Mit jedem Wort vibrieren seine Lippen an meiner Haut und ich presse mich ihm dichter entgegen. Ich will alles an ihm spüren. Jeden Muskel. Jede Sehne. Mit geschickten Handgriffen habe ich ihm des Shirts entledigt, sodass ich seine Haut direkt an meinen Fingern spüren kann. Sein Sixpack ist perfekt, nicht zu stark ausgeprägt und doch genau richtig.

»Jetzt müssen wir nur herausfinden, wer der bessere Spieler ist«, animiere ich ihn noch mehr, rutsche dichter an den Rand des Tisches heran und drücke damit seinen Ständer gegen den dünnen Stoff meiner kurzen Hose. Dass ich mittlerweile feucht bin, spüre ich eindeutig, mein Herz rast und es kribbelt an Stellen meines Körpers, die ich viel zu lange nicht mehr aus freien Stücken einem Mann geschenkt habe. Ich hatte nie ein Problem mit meinem Job, die Männer in meinem Privatleben hingegen schon. Sobald jemand wusste, was ich tue, hat er mich nicht mehr mit dem Arsch angeguckt. Kyle hingegen …

»Arsch hoch«, fordert er mich auf, und weil ich ihm in dieser Sekunde nur allzu gern alle Wünsche erfülle, stütze ich meine Hände auf dem Tisch ab, hebe mein Becken und lasse mir von Kyle Hose und Slip ausziehen. Sein Blick wandert über meinen nackten Körper, als er die letzten Kleidungsstücke hinter mir auf den Billardtisch feuert.

»Gefällt dir, was du siehst?« Die obligatorische Frage lässt ihn nur auflachen. Aber kein überhebliches Lachen … sondern eins, das mich noch mehr außer Gefecht setzt. Wie konnte ich dieses Lachen anfangs nur abstoßend finden? Kyles Eckzähne sind viel spitzer als der Rest und so hat sein Lachen etwas Bedrohliches an sich. Seine Augen scannen meinen nackten Körper, das Verlangen steht ihm ins Gesicht geschrieben.

»Schon Besseres gesehen«, gibt er seine Standardantwort, aber ich spüre an dem Druck unter seiner Jeans, dass er lügt. Das Feuer in seinen Augen sagt mir die Wahrheit, und so lege ich den Kopf nur schief und beginne, ihm die Hose zu öffnen. Sekunden später spüre ich ihn in seiner vollen Größe an meinem nackten Schenkel. Doch ehe ich ihm eine Freude bereiten kann, hat er mir die Show gestohlen und sich vor mich gekniet. Sein warmer Atem trifft auf meinen Venushügel, und ehe ich mich darauf einstellen kann, wandert seine Zunge zwischen meine Lippen.

Ekstatisch werfe ich den Kopf in den Nacken und genieße das Gefühl, wenn sein Mund über meine Klitoris gleitet. Das Stöhnen wird lauter, und als er mit der Zunge in mich eindringt, kralle ich mich in seinem Haar fest und presse ihn enger an mich. Wann habe ich das letzte Mal so etwas beim Sex gespürt? Ich erinnere mich kaum noch daran.

Der Sex mit meinen Kunden war nie so intensiv. Nie so … aufregend. Ich wusste immer, was passieren wird. Ich wusste, welcher Kunde welche Vorlieben hat, aber nie hat sich jemand für das interessiert, was ich will. Kyle hingegen … scheint genau zu wissen, was er tun muss. Und das, obwohl ich ihn nicht bezahle und er keinen Vorteil hiervon hat.

Bevor ich zum Höhepunkt komme, zerre ich ihn hoch und ziehe sein Gesicht an meines, um ihn zu küssen. Dass seine Lippen nach mir schmecken, macht mich nur noch wilder. »Hast du ein Kondom hier?«, frage ich ihn zwischen unseren Küssen, und als Kyle nach einer Schublade links neben sich greift und eine kleine Tüte herausholt, will ich nur lachen. »Ich weiß nicht, ob ich das jetzt gut oder schlecht finden soll.«

Seine Antwort besteht im Aufreißen des Kondompäckchens, und weil ich ohnehin an nichts anderes mehr denken kann, lasse ich das Thema fallen. Kyle streift sich das Kondom über, und Sekunden später dringt er heftig in mich ein. Zärtlichkeit? Fehlanzeige.

Und auch wenn sich mein Körper nach genau dieser Zärtlichkeit von einem Mann sehnt, sind meine Gedanken in dem Moment hinfällig, als er sich ein zweites Mal heftig in mich schiebt. Meine Gedanken fahren Karussell, jeder Zweifel verpufft einfach unter dem Gefühl, ihn in mir zu spüren.

Kyle packt meine Hüften, zieht mich an sich heran und schiebt sich somit noch tiefer in mich, bis ich ihn ganz aufgenommen habe. Sein Atem flacht ab, meiner ist schon längst hinüber.

Jede Stelle unterhalb meines Bauchnabels kribbelt vor Ekstase, und als Kyle beginnt, meine Brüste zu küssen, bin ich wie in Trance. Haut schlägt an Haut. Atem an Atem. Er hat genau das perfekte Tempo, weiß genau, wo er mich berühren muss, um mich noch stärker zum Stöhnen zu bringen.

Keiner von uns sagt mehr etwas, und ich lächle innerlich triumphierend, weil ich es geschafft habe, ihm die Sprache zu verschlagen. Er hat immer einen Spruch auf den Lippen, aber hier und in diesem Moment lassen wir nur unsere Körper sprechen.

Wie konnte sich aus der anfänglichen Abneigung das hier entwickeln? Ich kralle mich in seinem nackten Rücken fest, presse meine Nägel in seine Haut und genieße das Gefühl, ihm so nah zu sein.

Einmal in meinem Leben nicht nur das Gefühl zu haben, eine Hure zu sein. Plötzlich brennen Tränen in meinen Augen, die ich nicht deuten kann, die ich aber direkt wieder dorthin verbanne, wo sie herkommen. Stattdessen genieße ich die körperliche Nähe, bis ich schließlich wimmernd unter seinen Stößen komme.

Kyle verlangsamt sein Tempo, entzieht sich mir und schiebt sich schließlich ein letztes Mal knurrend in mich. Sekunden später spüre ich, wie er sich pulsierend ins Kondom ergießt. Wir bleiben dicht beieinander, Schweiß benetzt unsere Körper und unsere Atmung ist immer noch auf Hochtouren. Solange, bis sein Lachen an meinem Hals erklingt.

»Was ist daran so witzig?«, frage ich ihn und haue ihm auf die Schulter. »Drei«, beginnt er zu zählen, was mich nur noch verwirrter zurücklässt.

»Zwei.« Gott, wieso ist seine Stimme so sexy?

»Was soll das?« Wieder keine Antwort.

»Eins.« Im selben Moment wird hinter uns die Tür aufgeschlossen, gefolgt von einem spitzen Schrei. Schnell schiebe ich Kyle von mir weg, hüpfe vom Billardtisch und sehe meiner besten Freundin entgegen. Sie hält eines der Babys auf dem Arm und verdeckt ihm die Augen. »Nicht hinsehen! Oh Gott, oh Gott!« Damit dreht sie sich zu West um, der Sekunden später genauso erschrocken hereinkommt. Sein Blick wandert direkt zu Kyle, und er sieht aus, als würde er ihm die Augen herausreißen wollen. Eilig krame ich meine Sachen zusammen und ziehe sie mir über. Kyle hingegen ist die Ruhe in Person, als er sich das Kondom abzieht.

»Oh, Herr im Himmel!« Ivory flüstert ihrem Baby zu, dass es nicht hinsehen soll und dreht sich von mir weg. West macht das Gleiche mit Baby Nummer zwei. »Zieht euch sofort an, ihr Schweine!« Ivory klingt hysterischer, als ich sie in Erinnerung hatte.

Ob sie das Mutterdasein verändert hat? Alberne Frage … natürlich! Kyle hat sich mittlerweile ebenfalls angezogen, während ich das Shirt überziehe und auf Ivory zugehe. Bevor ich bei ihr bin, hält Kyle mich zurück und flüstert mir etwas ins Ohr.

»Glaub ja nicht, dass du gewonnen hast, Kätzchen. Das war erst die Vorrunde.«

***

»Ich kann einfach nicht glauben, dass ihr hier seid!« Mittlerweile haben sich – hoffentlich alle – von dem Schock erholt. Wir sitzen gemeinsam auf dem Sofa, die beiden Zwerge liegen in ihrer Schale und schlafen friedlich, nachdem ich sie minutenlang geknuddelt habe. Ich wusste nie, dass Babys so faszinierend sein können.

»Und ich kann nicht glauben, was ich gerade gesehen habe«, lacht Ivory. Okay, sie ist noch nicht darüber hinweg. »Vor allem nicht, da du Wests Bruder flachgelegt hast, obwohl ich ihn noch nicht mal kennengelernt habe!« Tadelnd sieht sie uns an, West hingegen scheint nicht so locker mit der Sache umzugehen. Seit er uns gesehen hat, schaut er mürrisch drein.

»Ich habe sie flachgelegt«, korrigiert Kyle meine Freundin, was mich nur lauthals lachen lässt. »Sorry, aber dein Blick ist einfach zu göttlich! Gott, ich bin so froh, dass ihr hier seid.«

Ich kuschle mich an sie und bin dankbar, als sie den Arm um mich legt, obwohl ich immer noch nach Sex stinken muss. Ivory hat mich nie verurteilt, sie hat immer akzeptiert, was ich bin. Zwischen West und Kyle herrscht Schweigen, aber das ist mir gerade herzlich egal. Ich will einfach nur die Nähe zu diesen Menschen genießen, solange ich kann.

»Du glaubst nicht, was für Sorgen ich mir gemacht habe, Süße.« Sie steht kurz vor einer Weinattacke, aber ich halte sie schnell davon ab. »Hey, mir geht es gut.« Was gelogen ist. Aber ich will nicht, dass sie sich Sorgen um mich macht, wenn ihre Priorität auf dem Wohl der Zwillinge liegen sollte. Und zwar voll und ganz.

»Wir lassen euch zweimal alleine.« West steht auf und fordert Kyle mit seinen Blicken auf, dasselbe zu tun. »Wohin wollt ihr?«, fragen Ivory und ich im Chor.

West zerrt Kyle hoch, was er zu meinem Erstaunen zulässt. »Wir haben noch was zu erledigen. Wir sind nur kurz weg.« West gibt Ivory einen Kuss auf den Mund, mir einen auf die Stirn.

Kyle hingegen wahrt sowohl zu mir als auch zu Ivory Abstand. Perplex sehen wir den beiden Männern dabei zu, wie sie das Wohnzimmer verlassen und die Haustür ansteuern.

»Okaaaay?« Fragend sehe ich Ivory an, die bloß mit den Schultern zuckt. »Bestimmt irgendein Männerding. Aber jetzt kommen wir zu etwas viel Wichtigerem.« Ihre Hand gleitet in meine und ich weiß, dass das Kommende nicht leicht für mich wird. »Wie geht es dir wirklich?« Ihre zarte Stimme ist so einfühlend, dass ich mich dankbar in ihre Arme fallen lasse. Und als sie mir behutsam über den Rücken streicht, brechen alle Dämme … Ich lasse das erste Mal seit Tagen zu, mich von den Erinnerungen kontrollieren zu lassen.

»Ich habe dich so vermisst«, schluchze ich. Ivory hält mich wie eine große Schwester ihre Kleine hält. »Ich hab dich auch vermisst.«

KYLE

»Willst du mir nicht sagen, wohin wir fahren?« Seit wir in seinen Wagen gestiegen sind, hat West keinen Ton über die Lippen bekommen. Er umklammert das Lenkrad und fokussiert sich ausschließlich auf den Verkehr. Dass er angepisst ist, ist nicht zu übersehen, selbst wenn ich es gern ignorieren würde.

»Wir fahren in den Club.« Bei seiner Stimme gefriert die Luft im Wagen. Ich lehne mich lässig zurück, auch wenn mich Wut beim Gedanken an den Laden überkommt. Ich hatte mir geschworen, ihn kein zweites Mal zu betreten.

»Was erhoffst du dir davon?« Meine spitze Frage taut das Eis zwischen uns nicht unbedingt auf, aber ich muss wissen, was er vorhat, bevor ich mich ins Verderben stürze. Sollte mich jemand wiedererkennen und auf den Trichter kommen, dass ich Liana bei der Flucht geholfen habe, stehe ich ganz oben auf der Abschussliste. Etwas, das West vermutlich nur recht kommt, weil ich ihm ohnehin nur ein Klotz am Bein bin. »Jetzt, da ich weiß, dass Fernandez den Laden übernommen hat, hat sich das Blatt gewendet. Ich muss ihn wissen lassen, dass er bei uns an der falschen Adresse ist.«

»Und wie? Willst du auf ihn einprügeln, bis sein Kiefer bricht?« Dass ich beim Aussprechen lachen muss, macht ihn nicht gerade handzahmer. Aber West ist nicht der Typ für Prügeleien. Ich schon. Schon mehr als einmal habe ich mich mit jemandem auf diese Art und Weise unterhalten.

»Ich werde mir was einfallen lassen.« Noch immer meidet er jeglichen Blickkontakt.

»Du bist angepisst«, stelle ich wie aus dem Nichts fest. Dass er mir keine Antwort gibt, ist Antwort genug. »Hör mal, Liana hat mich angemacht, nicht andersrum.« Und das ist nicht einmal gelogen. Ich war vielleicht der Erste, der sie geküsst hat, aber sie hat mir vorhin klar zu verstehen gegeben, dass sie mich zwischen ihren Beinen haben will.

Noch immer schmecke ich nach ihr und könnte augenblicklich wieder hart werden. Wenn ich außer Acht lassen könnte, wo wir sind … und was wir vorhaben.

»Verschone mich mit Details«, knurrt mein Bruder mich an. »Aber lass dir eins gesagt sein: Solltest du ihr wehtun, wird es nicht Fernandez sein, dem ich den Kiefer brechen werde.«

***

Wieder gibt es keinen Security, als wir das *Golden Cage* betreten. Da es noch nicht spät genug am Abend ist, sind keine Kunden hier, und so platzen wir in einen Club, der stiller kaum sein könnte. Kein Stöhnen. Kein Fauchen. Keine gespielten Orgasmen.

Ich kenne West erst seit wenigen Jahren, aber so angespannt wie in diesem Flur zwischen den Käfigen voll nackter Frauen habe ich ihn noch nie erlebt. Einige der Damen kichern, als wir an ihnen vorbeigehen, aber wir würdigen keiner eines Blickes.

»Komm, wir gehen in sein Büro.« West zerrt mich durch den Clubraum, damit ich schneller laufe, und als wir schließlich in ein Büro platzen, bereue ich es sofort. Der Kerl hinter dem Schreibtisch sieht uns grinsend an, und ich muss nicht mal um den Tisch herumgehen, um zu sehen, dass eine Kleine unter ihm kniet und ihm einen bläst.

Er stößt sie widerwillig zurück, scheucht sie hoch und schließt seine Hose. Die Dame trägt nichts. Ihre feuerroten Haare sind vom Blowjob verwüstet und ihre Titten wippen beim Gehen. Mit gesenktem Blick geht sie barfuß an uns vorbei und verlässt das Büro.

»Sieh mal einer an, wer es zurück nach New York geschafft hat«, lacht der Latino mit den grauen Haaren und zündet sich eine Zigarre an. »Hätte nicht mehr damit gerechnet, dich noch mal zu sehen.«

»Halt die Klappe, Fernandez.« West geht auf den Tisch zu und baut sich vor ihm auf. Ich bleibe im Hintergrund stehen und beobachte die Show grinsend. »Was genau hast du hier vor?« Wenn ich dachte, dass mein Bruder kaum kühler sein könnte als auf der Herfahrt, habe ich mich getäuscht. Aber der Typ scheint sich davon nicht beeindrucken zu lassen.

»Glaubst du, ich will ewig in deinem Schatten stehen, Cotrell? Du hast deinem Leben hier den Rücken zugekehrt. Einer musste ja das Ruder übernehmen, nachdem deine Kleine den Boss erschossen hat.« Sofort muss ich an Liana und ihre Verzweiflung denken, als sie mir von dieser Nacht erzählt hat. Ich habe viel Mist in meinem Leben gemacht, aber ich habe kein Menschenleben auf dem Gewissen. Noch nicht.

»Du hast sie herbringen lassen. Aber wieso?« West versucht, das Bild zusammenzusetzen, aber er tappt wie ich noch im Dunkeln. Fernandez holt sein Handy heraus und tippt etwas ein, ohne uns zu beachten. Sekunden später hat West seinen Kragen über dem Tisch gegriffen und ihn hochgezogen.

»Was willst du von Liana, du Dreckskerl?« Auf Wests Stirn prangen Adern, und ich habe ihn noch nie so außer sich erlebt. Ob ich eingreifen sollte? Sicher nicht. Er kann sich die Hände auch mal schmutzig machen. »Ich? Ich will nichts von ihr. Ich habe sie nicht hergebracht«, lacht Fernandez hysterisch auf. West zerrt heftiger an seinem Hemdkragen, aber der Kerl ist abgebrühter als vermutet und lässt sich nur bedingt einschüchtern. Langsam aber sicher trete ich näher und male mir aus, wie ich diesen Kerl büßen lassen kann.

»Wer denn sonst?« Das erste Mal mische ich mich ein. Fernandez sieht mich nur interessiert an. »Und was geht es dich an? Bist du ihr Stecher?« Sein Lachen entblößt seine gelben Zähne. Ich habe selten ein hässlicheres männliches Exemplar gesehen.

»Vielleicht. Vielleicht habe ich auch einfach nur was gegen Hackfressen wie dich. Wer weiß das schon?« Ich zucke mit den Schultern.

»Ihr solltet verschwinden. Aber merkt euch eins, es gibt mehr als einen Feind in dem Leben der kleinen Hure.« Als er das letzte Wort sagt, brennen bei mir alle Sicherungen durch.

Dabei sagt er doch nur die Wahrheit! Schnell habe ich West zur Seite genommen und mich selbst um die Sache gekümmert. Sekunden später höre ich das wohltuende Geräusch, als sein Kiefer unter meinem Schlag leidet. Keuchend krümmt er sich vor Schmerzen, das Blut läuft ihm aus der Fresse und tropft auf den Boden.

»Eins sag ich dir.« Ich gehe neben ihm in die Hocke, damit wir einander ansehen können, und knacke mit meinen Fingerknöcheln. »Sollte einer von deinen Kerlen ihr noch mal zu nahe kommen, wird dein Kiefer dein geringstes Problem sein.« Ich klopfe ihm mit der flachen Hand gegen die Wange, was ihn noch stärker aufschreien lässt. Verdammt, dabei habe ich mir doch geschworen, meine Hände heute sauber zu lassen. Aber der Anblick seiner Visage ist einfach zu genugtuend. Fernandez sagt nichts mehr, also stehe ich auf und bedeute West, dass wir hier fertig sind. Nickend folgt er mir aus dem Büro, und als wir schließlich an den Käfigen vorbeigehen, werden wir von einer Schwarzhaarigen aufgehalten, die sich an die Gitterstäbe presst.

»Jetzt hast du es also tatsächlich geschafft, eine Frau hier rauszuholen«, säuselt sie. »Aber lass dir eins gesagt sein, West.« Sie hält die Hand neben ihren Mund, als würde sie flüstern müssen. »Das Spiel hat erst begonnen.« Wir sehen der Frau zu, die jetzt mit wackeligen Schritten im Inneren des Käfigs verschwindet. Und als wir den Club schließlich verlassen, lässt mich das ungute Gefühl nicht los, dass die Frau recht behalten könnte.

***

Auf der Rückfahrt herrscht wieder Schweigen zwischen uns, und fast habe ich die Vermutung, dass die Spannung zwischen uns jetzt noch größer geworden ist. West biegt in unsere Siedlung ein und bricht das Schweigen. »Liegt dir wirklich was an Liana oder war das nur Show?« Seine Frage trifft mich unerwartet. Ich kenne die Antwort selbst nicht, bis jetzt hätte ich vehement abgestritten, dass mir was an ihr liegt. Aber wieso hatte ich dann das Gefühl, sie verteidigen zu müssen? Ich überlege, was ich ihm antworten soll, was aber hinfällig wird, als wir die Einfahrt erreichen. Sofort schrillen bei uns alle Alarmglocken.

»Sag mir, dass du bloß vergessen hast, die Tür zu schließen.« West parkt den Wagen ruppig, und als ich die Eingangstür sehe, die sperrangelweit offen steht, beschleicht mich Panik. Ich habe die Tür hinter mir geschlossen, das steht fest.

Wests und meine Blicke kreuzen sich, und ohne, dass wir reden müssen, verständigen wir uns und steigen aus dem Wagen. Stille hüllt uns ein, und als sie schließlich durch das Schreien der Babys im Haus unterbrochen wird, kann ich die Panik meines Bruders fast schmecken.

Wir rennen ins Haus, aber dort, wo Liana und Ivory vorhin noch saßen, ist das Sofa leer. Eine Vase liegt am Boden, die Spuren von dreckigen Schuhen zieren das Parkett.

»Fuck!« West stürmt auf seine Zwillinge zu, die schreiend in ihrer Schale liegen. Ihre Köpfe sind knallrot, die Tränen laufen unaufhörlich. Währenddessen checke ich die Räume nach den beiden ab, aber von Ivory und Liana fehlt jede Spur. »Scheiße!« Ich fluche selten laut, aber in dieser Sekunde bin ich mit allem überfordert. Mit dem Babygeschrei, mit Wests Angst, die ich noch nie so an ihm gesehen habe. Und der Angst, die ich in mir spüre. »Was machen wir?«, will ich von ihm wissen. West versucht irgendwie, die Kinder zu beruhigen, aber wie erwartet hört ihr Schreien nicht auf.

An den Spuren auf dem Boden kann man sehen, dass hier vor wenigen Augenblicken noch Chaos geherrscht hat, die Fußabdrücke sind ein wildes Durcheinander und auf die Schnelle kann ich zwei verschiedene Männer identifizieren.

»Fernandez kann es nicht gewesen sein, wir waren bei ihm!« West hockt neben seinen Kindern und könnte kaum verzweifelter sein. Ich verliere in diesem Moment nur eine Affäre ... er die Mutter seiner Kinder.

»Nur, weil er da war, heißt es nicht, dass er nicht die Fäden in der Hand hatte. Er hat eine Nachricht geschrieben, als wir bei ihm waren.«

Fuck, wir hätten ihn nicht so einfach davonkommen lassen dürfen! West versucht, sich unter Kontrolle zu kriegen, aber er steht am Rande eines Nervenzusammenbruchs.

Und ich weiß selbst nicht, was ich denken oder fühlen soll. Mein Blick wandert zu dem Billardtisch, und beim Gedanken an Liana wird mir plötzlich schwindelig. Bilder formen sich in meinem Kopf, die ich nicht zulassen will, aber gegen die ich machtlos bin.

»Wir müssen zurück in den Club!« Es ist West, der im Moment klarer sehen kann als ich. Doch als eines der Babys noch lauter zu schreien anfängt, müssen wir uns der Wahrheit stellen. »Was ist mit den Kindern?« Wir können sie unmöglich mit in den Club nehmen … Ich habe keine Beziehung zu den Schreihälsen, aber ich bin kein Monster. Außerdem sind sie meine Neffen …

»Ich habe einen Plan. Ich muss nur … « Er kramt sein Handy hervor und wählt eine Nummer. Es dauert nicht lange, bis der Gegenüber abnimmt. »Roxana«, sagt West erleichtert. »Hör zu. Du musst mir einen Gefallen tun. Sofort.« Was die Frau antwortet, höre ich nicht, aber während West sie überzeugt, sich mit uns in einem Hotel in der Nähe des Clubs zu treffen, packe ich die Sachen zusammen, die wir gebrauchen könnten. Dazu zählt ein Revolver und ein Taschenmesser, das ich im Bund meiner Jeans verstaue.

Die Knarre werfe ich West zu, die er dankbar fängt. Als er auflegt und die Kinder in der Schale hochnimmt, stürmen wir nach draußen zu seinem Wagen … in der Hoffnung, dass wir noch nicht zu spät sein werden.

***

»Willst du mir sagen, was das zu bedeuten hat?« Die Schönheit, die uns im Hotel in einem der Zimmer empfängt, könnte kaum verdutzter sein, als West ihr die Tasche mit den Sachen für die Babys in die Hand drückt. Meine Neffen liegen mittlerweile auf dem geräumigen Bett und haben sich etwas beruhigt. Was nicht heißt, dass wir uns schon einigermaßen im Griff haben. »Später. Ich habe wirklich keine Zeit.« Er packt die Frau an den Schultern, die schon seit unserem Auftauchen den Blick nicht von mir lassen kann. Aber selten haben mich Blicke so kaltgelassen.

»Du weißt, dass ich dir immer vertraut habe, oder?« Sie nickt und scheint langsam aber sicher den Ernst der Lage zu checken. Kein Wunder, dass sie völlig überfordert ist, wenn West nach Monaten in New York auftaucht. Mit zwei Babys im Gepäck …

»Enttäusch mich nicht, du hast das Wichtigste, was ich besitze, bei dir.« Er gibt Roxana einen Kuss auf die Stirn, geht zu seinen Zwillingen und kniet sich vor das Bett, um ihnen zu versichern, dass wir gleich wieder zurück sein werden. Aber werden wir das?

»West, wir müssen gehen«, dränge ich ihn, auch wenn ich nicht in der Position bin, ihn von seinen Kindern zu trennen. Ich konnte mir noch nie vorstellen, selbst welche zu haben, aber man sieht seine bedingungslose Liebe für sie.

»JETZT«, setze ich druckvoller hinterher. Er löst sich von den Babys und kommt auf mich zu, mit einer Entschlossenheit im Blick, die einem beinahe Angst einjagt. Eine Entschlossenheit, die sagt, dass er bereit wäre, alles zu tun, um Ivory und Liana zu retten. Alles. Und als ich ihm nach draußen folge, heißt das nur eins: Egal, wer sich mir in den Weg stellt … das Messer in meiner Jeans würde jeden aus dem Weg räumen.

173

LIANA

»Wo … wo -« Aber mehr kriege ich nicht über meine Lippen. Ein dicker Schleier liegt über mir, der mich wie in eine Blase hüllt. Ich weiß nicht, wo ich bin, und erinnere mich nur vage daran, dass ich mit Ivory zuletzt auf dem Sofa gesessen habe. Was zur Hölle ist danach passiert?

Es ist dunkel hier, der Boden, auf dem ich sitze, ist kalt und nass. Ich sehe nach oben, aber mein Gesicht bleibt trocken. Kein Regen. Nur diese nasse Kälte, die meinen Körper benetzt. Ich will aufstehen, aber meine Glieder sind taub und wie festgefahren, sodass ich den Kampf gegen die Schwere einfach wieder aufgebe.

»Ivory?«, flüstere ich mit letzter Kraft. Meine Stimme hallt in dem Raum wider und so habe ich wenigstens Gewissheit, dass ich in einem Gebäude bin. Ein Rascheln neben mir, gefolgt von einem schweren Atem, lässt mich zusammenfahren. Etwas bewegt sich direkt neben mir, und als schließlich eine Hand am Boden nach meiner tastet, bekomme ich Panik. Bis ich das Gefühl habe, die Hand zu kennen, die sich jetzt warm an meine drückt. »Ivory«, sage ich erleichtert. Mein Kopf schmerzt, und als meine freie Hand zu meiner Stirn wandert, spüre ich frisches Blut auf meiner Haut. »Ivory, sag was«, flehe ich sie an, und als sie zum Reden ansetzt, atme ich erleichtert auf. Ich packe ihre Hand in der Dunkelheit fester und spüre einen leichten Gegendruck ihrer Finger.

»Tristan.« Das erste Mal höre ich ihre Stimme, und fast will ich vor Erleichterung aufseufzen. Aber nur fast … der Name, den sie ausgesprochen hat, sorgt eher für das Gegenteil in mir. Meine Knie zittern und ich fühle mich wie ein Gefangener in meinem eigenen Körper. Wie ein Insasse meines eigenen Dilemmas.

Die Dunkelheit will nicht weichen, selbst dann nicht, als der Schleier vor meinen Augen langsam nachlässt. Wo zur Hölle sind wir? Wie eine Ertrinkende kralle ich mich an die Hand meiner besten Freundin und robbe auf dem Boden zu ihr herüber. Bis ich einen Widerstand an meinen Beinen spüre.

Fesseln.

Natürlich.

Ivory fällt gegen meine Brust und ich halte sie, auch wenn ich selbst Halt gebrauchen könnte. Unweigerlich wandern meine Gedanken zu Kyle. Weil ich ihn – aus völlig gestörten Gründen – mit Sicherheit in Verbindung bringe. Aber er ist nicht hier und wir alles andere als in Sicherheit.

»Ich habe Tristan gesehen«, sagt Ivory mit vor Angst zitternder Stimme. In Sekundenschnelle sehe ich denselben Film, der mich schon seit Monaten verfolgt. Tagsüber in meinen Gedanken, nachts in bitteren Albträumen. Seine toten Augen, das Glucksen seiner letzten Atemzüge.

»Aber wie ist das möglich? Er ist … er ist …«

»Tot?« Jemand vervollständigt den Satz. Und es ist nicht Ivory. Im nächsten Moment geht ein kleines Licht an und meine Augen blinzeln gegen die plötzliche Helligkeit an. Ein Mann steht am anderen Ende des Raumes. Man kann nur seinen Schatten sehen, aber allein dieses eine Wort aus seinem Mund hat gereicht … er ist es. Ohne jeden Zweifel.

»Wie ist das möglich?« Ich stelle die Frage mehr mir selbst. Ivory krallt sich voller Panik an mich, und hätte ich sie nicht, würde ich vermutlich bewusstlos werden. Wir befinden uns in einem Keller, der Boden ist feucht, genau wie die Wand, an der wir lehnen. Bis auf uns und einige alte Regalen, in denen alte Eimer und Waschlappen liegen, ist der Raum leer.

»Ich habe dich sterben sehen«, flüstert Ivory mit bebender Stimme. Tristan tritt einen Schritt vor, sodass wir ihn ansehen können. Sein vernarbtes Gesicht ist immer noch genauso abschreckend wie damals, wenn nicht sogar noch angsteinflößender. Er trägt ein dunkles Hemd, dessen Kragen weit offen steht. Mein Blick wandert zu seiner nackten Haut … eine Haut, die von meiner Kugel durchsiebt wurde. Das alles ergibt keinen Sinn! Ich habe ihn sterben sehen. Ich habe gesehen, wie ein Mann durch meine Hand gestorben ist!

»Falsch«, sagt er euphorisch. »Ihr habt mich blutend zurückgelassen, aber das Witzige am Sterben ist doch, dass man sich erst sicher sein kann, dass es vorbei ist, wenn das Herz aufhört, zu schlagen. Sagt mir …« Er kommt auf uns zu und kniet sich vor uns. Sofort lege ich den Arm schützend um meine beste Freundin.

In diesem Moment ist mir mein eigenes Leben inklusive meiner Angst egal. Es geht für mich nur noch um sie. Ivory ist Mutter … ich bin nur ich. Ich lasse niemanden zurück, wenn mir etwas zustößt. Eine Familie habe ich nicht, und meine einzigen Freunde sind Ivory und West. Was habe ich schon zu verlieren, wenn ich mich für sie opfere?

»Habt ihr wirklich nicht kontrolliert, ob mein Herz stillsteht?« Sein diabolisches Lachen macht mich rasend vor Wut. »Du hast kein Herz«, antworten wir beide im Chor, was ihm nur Genugtuung verschafft.

»Was hast du mit meinen Babys gemacht?« Ivory laufen Tränen über das Gesicht, die ich ihr gern nehmen würde. Aber ich bin machtlos gegen unsere Hilflosigkeit.

Tristan kratzt sich am Kinn und scheint kurz zu überlegen, was er uns antworten soll. Ob er ehrlich sein oder lügen will.

»Noch gar nichts. Aber uns fällt schon was ein, meinst du nicht?« Wieder dieses teuflische Lachen, wieder Ivorys Tränen. Sekunden später spucke ich Tristan ins Gesicht, was er nur mit einem Achselzucken kommentiert. Er denkt nicht einmal daran, sich den Speichel wegzuwischen, fast wirkt es, als würde er sich daran ergötzen.

»Ich merke schon, wir werden eine Menge Spaß zusammen haben.« Mit diesen Worten steht er auf, kehrt uns den Rücken zu und hält an der dunklen Treppe inne, die nach oben führt. Noch immer haben wir keinen Anhaltspunkt, wo wir sein könnten.

»Rache ist ein mächtiges Gefühl, nicht wahr?« Lachend verschwindet er und das Knarzen der alten Treppe jagt mir einen Schauer über den Rücken. Ich schließe die Augen und kann nur hoffen, dass ich träume … ich muss einfach träumen. Alles andere würde bedeuten, dass wir uns mitten in der Hölle befinden.

KYLE

»Und du glaubst wirklich, dass wir sie da finden werden?« Ich bin von Natur aus ein zweifelnder Mensch, und so stelle ich auch Wests Entscheidung, ins *Golden Cage* zurückzufahren, infrage. Er hat, seit wir die Kinder bei seiner ehemaligen Mitarbeiterin abgeliefert haben, kein Wort mehr gesagt. Normalerweise wäre ich froh über sein Schweigen, aber nicht jetzt. Nicht in diesem Moment … Ich kenne Ivory nicht wirklich und Liana sollte mir am Arsch vorbeigehen. Wieso also habe ich dieses alberne Herzklopfen?

»Hast du eine bessere Idee? Dann immer her damit!« Dass West mich nicht sonderlich leiden kann, ist mir klar, aber gerade scheint sein Hass auf mich auf eine neue Ebene gestiegen zu sein. Und das, obwohl er die beiden Frauen allein lassen wollte, nicht ich! Wenn es nach mir gegangen wäre, wäre er jetzt nicht mal hier.

»Ich habe keine bessere Idee, aber ich glaube nicht, dass sie da sind. Das wäre zu einfach.« Ich lege den Kopf zurück und versuche, mich in die Köpfe dieser

Wichser hineinzuversetzen. Sie wollen Liana schaden … und vermutlich wollen sie West ebenfalls Schaden zufügen. Wieso haben sie die Kinder zurückgelassen? Das alles ergibt keinen Sinn!

Die restliche Fahrt zum Club zieht sich wie Kaugummi, und so erreichen wir schließlich nach einer Ewigkeit die Straße, die ich jetzt schon zweimal unfreiwillig befahren musste. Doch dort, wo vorhin der Club ruhig zwischen all den hässlichen Häusern stand, beherrschen jetzt Flammen die Treppe.

»Was zur Hölle?« West parkt mit quietschenden Reifen den Wagen und steigt aus, ich folge ihm und hefte mich an seine Fersen. Aus dem Eingang dringt Rauch, der in dichten Wolken nach oben in den Himmel steigt.

Die neugierigen Leute aus den benachbarten Gebäuden strömen auf die Straßen und sehen den Flammen dabei zu, wie sie alles verschlucken. Wir waren vor einer Stunde noch hier … und jetzt soll alles zu Asche zerfallen?

Wests Schritte werden instabil, und ehe er unter dem Gewicht seines Körpers zusammenbrechen kann, habe ich ihn zurückgehalten.

Mittlerweile stehen wir nur noch wenige Meter von den Flammen entfernt. Aus der Ferne kann man die ersten Sirenen der Feuerwehrfahrzeuge hören. »Hey, West.« Aber weil er völlig unter Strom steht, stelle ich mich vor ihn und stoppe ihn so. Er sieht apathisch an mir vorbei zu den Flammen, und erst als ich meine Hände auf seine Schultern lege, sieht er mir ins Gesicht.

»Sie sind nicht da drin.« Das hoffe ich zumindest. Aber ich muss ihn irgendwie davor bewahren, den Verstand zu verlieren, ganz abgesehen von der Zeit, die wir nicht haben. Wer weiß, wo diese Kerle schon mit den beiden sind. Und was sie mit ihnen … Ich verdränge die Bilder von irgendwelchen schmierigen Wichsern, die Liana berühren und konzentriere mich auf das, was zählt.

»Wie kannst du dir da so sicher sein? Was, wenn sie doch da drin sind? Ich muss da rein!« Er will mich wegstoßen, aber ich bin stärker als er und so ist es ein leichtes Spiel für mich, ihn zurückzuschieben.

»Wenn du da reingehst, wirst du nicht mehr da rauskommen, West«, knurre ich ihn an. Auch wenn wir kein gutes Verhältnis zueinander haben, will ich ihn nicht brennen sehen.

»Ich hasse dich, okay. Aber was ist mit deinen Kindern?« Sofort treten Tränen in seine Augen und ich weiß, dass ich auf dem richtigen Weg bin. Ich weiß, welche Knöpfe ich drücken muss, damit er wieder zur Vernunft kommt.

»Siehst du – du kannst da nicht reingehen und riskieren, dass sie als Waisen aufwachsen. Wir werden sie finden, hörst du?« West steht völlig neben sich, Schweiß benetzt seine Stirn, und als er schließlich nickt, ertönt ein lautes Klatschen neben uns. Im nächsten

Augenblick tritt Fernandez aus der Gasse neben dem Club hervor. Seine Nase ist noch schief von meinem Schlag, aber das Blut hat er entfernt. Sein schäbiges Grinsen lässt mich vor Wut kochen. Er hält ein Feuerzeug in der Hand und legt den Kopf schief.

»Wirklich rührend, eure kleine Show«, lacht er laut auf. Ich halte West nicht auf, als er auf Fernandez zustürmt, ihn am Kragen packt und gegen die Backsteine schleudert. Seine Hand liegt an seiner Kehle.

»Was hast du getan?«, will er von ihm wissen. Man sollte meinen, dass ein Streichholz wie Fernandez Angst vor jemandem wie West hat, aber Fehlanzeige. Sein Grinsen wird nur noch breiter, meine Wut dadurch noch größer.

»Ich? Ich handle nur in *seinem* Interesse.«

»Von wem sprichst du?« Ich geselle mich zu den beiden und dränge Fernandez damit noch weiter in die Ecke. Doch auch, als ich ihm ganz nah komme, zuckt er nicht einmal mit der Wimper. Gott, der Kerl steht auf Prügel.

»Das werdet ihr noch früh genug erfahren. Obwohl … Moment.« Theatralische Pause. Die Sirenen kommen dichter und das Gewusel vor dem Club wird stärker. »Wenn ihr eure Zeit hier mit mir verschwendet, werdet ihr eure Süßen wohl bald vom Boden kratzen können.« Es dauert keine Sekunde, bis Wests Faust in sein Gesicht donnert.

Das Knacken widert mich an, und als ich Fernandez ansehe, sieht er aus wie das Opfer einer fetten Schlägerei. »Wo sind sie? Sind sie da drin?« Jetzt bin ich es, der die Zügel in die Hand nimmt, West zur Seite schiebt und übernimmt. Aber ich bin weiß Gott nicht nur wütend, sondern geladen wie eine Waffe.

»Sind. Sie. Da. Drin?« Ich hole ein Messer aus dem Bund meiner Hose und halte es ihm an die Kehle. Das erste Mal zeigt der Kerl vor mir so etwas wie Angst in seinen Augen und bei meinem Glück pisst er sich gleich in die Hose. Er zappelt unter meinem Griff, und je mehr er sich wehrt, desto tiefer drückt sich die Klinge in seine Haut. Als Nächstes durchschneidet sie die Haut an seinem Hals. Er schüttelt panisch den Kopf.

»Sie sind nicht im Club. Niemand ist da drin!« Er hält das Feuerzeug hoch und sieht mich flehend an. So schnell wird aus ihm ein Schoßhündchen. »Du hast das Feuer gelegt«, stellen West und ich zur selben Zeit fest. Fernandez reagiert nicht, und erst, als ich das Messer noch tiefer drücke, erwacht er aus seiner Starre.

»Ja … ich sollte. Ich habe nur getan, was ich sollte«, krächzt er. »Wenn ihr sie retten wollt, solltet ihr eure Zeit nicht mit mir verschwenden«, setzt er noch hinterher. Der Kerl ist abgebrühter, als ich vermutet habe.

»Dann sag uns, wo sie sind und wir lassen dich vielleicht am Leben.« Ich zucke mit den Schultern. Mittlerweile sind die Feuerwehrleute an Ort und Stelle, mindestens zwei Wagen haben sich vor dem Club eingefunden, aus dem nach wie vor dichter Rauch steigt.

»Er hat sie da, wo du sie vermutlich am wenigsten erwarten würdest, West.« Als er meinen Bruder ins Spiel zieht, tritt West wieder neben mich. Man kann sehen, wie es in seinem Kopf arbeitet. Die beiden liefern sich ein Blickduell und dann ist es, als würde West ein Licht aufgehen. Er packt mich bei der Schulter und zerrt mich von Fernandez weg.

»Ich weiß, wo sie sind!« Ich lasse von dem Wichser vor mir ab, lasse es mir aber nicht nehmen, ihm zum Abschied noch mal Bekanntschaft mit meiner Faust zu schenken. Sein Gesicht ist kaum noch zu erkennen dank der Schwellungen. Keuchend krümmt er sich, als ich ihn loslasse. Sobald wir uns auf den Weg zum Wagen machen, hören wir sein glucksendes Lachen.

»Viel Glück, West. Wenn ihr euch nicht beeilt, sind ihre Flügel ein für alle Mal gebrochen.« Ich folge West, der immer noch völlig neben sich steht.

Als er auf der Fahrerseite einsteigen will, halte ich ihn ab. »Lass mich fahren.« Dankbar nickt er und setzt sich auf den Beifahrersitz. Während ich den Motor starte.

»Wohin fahren wir?«

West hält kurz inne, bevor er antwortet. Seine Augen sehen in meine und plötzlich packt mich eine Entschlossenheit, die ich nicht von mir kenne. Eines

steht fest … wir werden sie finden. »Im *Silver Wings*.«
Ich lege den ersten Gang ein und lasse den Wagen
kommen. »Dann lass uns den Laden aufmischen.«

LIANA

»Ich träume immer noch von diesem Tag.« Wie lange wir schon hier sitzen, wissen wir nicht. Ivory sitzt neben mir am Boden und starrt leblos an die gegenüberliegende Wand. Ihre Haut ist blass, ihre Augen rot unterlaufen.

»Ich auch«, gesteht sie leise. »Wenn ich die Augen schließe, höre ich den Schuss.«

»Und wenn ich die Augen schließe, sehe ich seine«, pflichte ich ihr bei. Als sie damals ins *Silver Wings* kam, wusste ich nicht, dass wir mal so etwas zusammen durchleben würden wie in diesem Moment. Es ist, als wären wir in einem schlechten Film gefangen.

»Wie kann er noch am Leben sein?«, frage ich in die Ungewissheit. Mir ist am ganzen Körper kalt und ich zittere, seit ich wach geworden bin. »Die wichtigere Frage ist, wieso er so lange gewartet hat. Es ist Monate her.« Ivory spricht das an, was ich verdrängt habe.

Er muss mich die ganze Zeit im Blick gehabt haben, wenn er das hier geplant hat. Aber wieso erst jetzt? Wieso hat er sich nicht sofort an mir gerächt?

»Er wollte mich in Sicherheit wiegen«, fällt es mir wie Schuppen von den Augen. Ich kenne Tristan nur von Erzählungen. Aber ich weiß, dass er ein Mann ist, der das Spielen liebt. »Er wollte, dass ich mich sicher fühle. Und dann wollte er mich in einem schwachen Moment erwischen.«

Das Wasser tropft immer noch auf den Boden und trifft auf meine nackten Schultern. Einige Gedankengänge später übermannen mich die Gefühle und ich breche in Tränen aus. Sofort nimmt Ivory mich in die Arme, dabei müsste ich sie trösten! Immerhin muss sie sich schreckliche Sorgen um ihre Kinder machen. Kaum auszumalen, was ihr durch den Kopf gehen muss.

»Hey, sie werden uns schon finden«, macht sie mir Mut, aber richtig funktionieren will es nicht. Ich sehe mich schon wieder im *Golden Cage* in einem der Käfige stehen. Nur, dass mich dieses Mal keiner retten wird.

»Stimmt. West würde alles tun, um dich zu schützen«, will ich ihr etwas von dem zurückgeben, was sie für mich macht.

Wie gern hätte ich einen West in meinem Leben, der alles für mich macht. Der sein Leben für meines geben würde.

»Und Kyle wird alles tun, um dich zu finden.« Sie drückt ihre Hand an meine, aber ich kann über ihre Worte nur lachen. Dabei ist mir nur nach Weinen zumute.

»Kyle hasst mich.« Zumindest hat er mir die ganze Zeit dieses Gefühl vermittelt. Er hat mich aus dem Club befreit, aber nur, weil er es West geschuldet hat. Ich denke bewusst nicht daran, was vorhin zwischen uns passiert ist ... Wer nichts erwartet, kann nicht enttäuscht werden.

»Also für mich war eure Pose eindeutig«, versucht Ivory, die Stimmung aufzulockern. Aber dann sieht sie sich wieder um und weiß, dass wir in der Klemme sitzen.

Wir wissen nicht einmal, wo wir sind. Ich lehne mich gegen sie und genieße es, mich wenigstens nicht allein zu fühlen. Wäre Ivory nicht bei mir, wäre ich längst zerbrochen. Sie ist wie mein Kleber, der die Scherben zusammenhält.

Erst, als eine Tür geöffnet wird und schwere Schritte auf der Treppe ertönen, landen wir wieder im Hier und Jetzt.

In der Hölle.

Tristan kommt lässig herunter und als er uns entdeckt, ziehen sich seine hässlichen Mundwinkel nach oben. Er hat sich umgezogen, dort, wo er sonst immer nur Schwarz trägt, hat er jetzt ein weißes Shirt an.

Er will unser Blut an sich sehen.

»Da sind ja meine zwei liebsten Huren«, begrüßt er uns. Er hat ein Glas mit dunkler Flüssigkeit in der Hand, das er jetzt im Regal neben uns abstellt. Anschließend zieht er sich einen Stuhl aus der Ecke in die Mitte des Raumes und lässt sich darauf fallen.

»Wo sind wir?« Ich erkenne meine Stimme kaum wieder. Ich war immer eine starke Frau, aber hier in diesem Kerker mit diesem Mann vor mir werde ich zu einem Nervenbündel. Tristan nimmt einen Schluck seines Drinks und legt das rechte Bein auf das linke Knie.

»Wo wir sind? Sagen wir so.« Er lehnt sich nach vorne und streichelt mit seiner Hand über mein Gesicht, die ich sofort wegschlage.

»Ich wollte Ivory schon immer bei mir im Laden haben.« Sein Blick wandert gierig zu ihr herüber und ich verspüre wieder den Wunsch, sie schützen zu müssen. Aber wie? Ich bin genauso machtlos wie sie.

»Aber jetzt hat es sich angeboten, euch beide zu nehmen. Und glaubt mir, meine Kunden werden verrückt nach euch sein. Ihr seid eine verdammte Goldgrube«, lacht er und nimmt einen neuen Schluck aus seinem Glas. Wie eine Furie winde ich mich, aber die Fesseln an meinen Beinen halten mich an Ort und Stelle. »Du weißt, dass sie uns finden werden. Und dann wird von dir nicht mehr viel übrig bleiben«, drohe ich Tristan, was er nur mit einem noch lauteren Lachen kommentiert. Er nimmt ein Feuerzeug aus seiner Tasche und hält es in die Luft. Immer wieder entzündet er die Flamme mit seinem Daumen, die er dann wieder ausbläst.

»Wie sollen sie euch finden, wenn sie im falschen Club nach euch suchen?« Wieder deutet er auf das Feuerzeug, das er entfacht. »In diesem Moment steht der Laden in Flammen. Sie werden nichts finden außer Schutt und Asche.« Ich halte den Atem an, und muss mich mit einem Blick auf Ivory vergewissern, dass sie noch bei Bewusstsein ist. Sie starrt einfach nur apathisch auf den Fußboden.

»Was hast du getan?«, will ich zitternd wissen. Er nimmt den letzten ausgiebigen Schluck seines Drinks und wirft das Glas dann zu Boden, wo es zerspringt. Unter dem Krach zucken wir beide zusammen.

»Sagen wir so … ich wollte schon immer neu anfangen. Und jetzt kann ich es mit euch beiden.«

KYLE

»Aber wieso sollte er sie hierhergebracht haben? Das ergibt doch alles keinen Sinn!« Noch immer gehen mir die Bilder von den Flammen nicht aus dem Kopf. Ich war nie ein sonderlich empathischer Mensch, aber allein die Vorstellung, dass noch Menschen in dem Gebäude gewesen sein könnten …

»Ich habe eine ziemlich üble Vermutung.« West ist erstaunlich gesprächig, seit wir Fernandez am Feuer zurückgelassen haben. Er stellt Theorien auf, die bis jetzt allesamt unsinnig waren, aber ich bin froh, dass er überhaupt noch ansprechbar ist.

»Und die wäre? Nun lass dir doch nicht alles aus der Nase ziehen, verdammt!« Wir nähern uns dem *Silver Wings*, das ich in meinem Leben auch erst einmal betreten habe, direkt, nachdem West und ich uns das erste Mal begegnet sind.

Ich wusste immer, dass mein Vater nicht monogam gelebt hat, und ich will gar nicht wissen, wie viele Geschwister von uns noch in Amerika herumrennen. Das Radio haben wir ausgestellt, weil uns das Gelaber

191

der gestellt fröhlichen Moderatoren den letzten Nerv geraubt hat. »Er hat gesagt, dass er nur im Auftrag gehandelt hat. Dass ER es so wollte. Was, wenn … was, wenn er doch noch am Leben ist?«

Mein Bruder wirft mir einen gehetzten Blick zu, und ich weiß, ohne dass er den Namen sagen muss, wen er damit meint. Er trägt dieselbe Panik in den Augen wie Liana, als wir das erste Mal über Tristan geredet haben.

»Ich dachte, ihr habt ihn ausbluten sehen.« Und wieder flackert Lianas Bild vor meinen Augen auf. Ihre flache Atmung. Die Angst in ihren Augen und der Funken Schuld in ihrem Blick. Jeder weiß, dass dieser Kerl der Übelste von allen ist. Man muss ihm nicht einmal begegnet sein.

»Es ging alles so schnell in dem Moment. Wir wollten Ivory einfach nur da rausholen.« Er atmet durch. »Aber es wundert mich, dass Liana dir davon erzählt hat. Sie hat nie mit jemandem darüber gesprochen. Über das, was sie getan hat …«

Nie? Man hat ihr angemerkt, dass es ihr schwerfällt, sich mir zu öffnen, aber ich soll, verdammt noch mal, der Einzige sein, dem sie sich anvertraut hat? Je länger ich darüber nachdenke, desto stärker bereue ich mein Verhalten ihr gegenüber.

Ich habe sie an den ersten Tagen wie Dreck behandelt. Etwas, das ich mit dem Wissen, das ich jetzt habe, anders machen würde.

192

»Wer weiß«, antworte ich möglichst gleichgültig. West wirft mir wieder einen Blick zu, aber dieses Mal sagt er etwas ganz anderes aus. Etwas, das mir nicht unbedingt gefällt.

»Sie mag dich wirklich. Ich kenne Liana schon seit Ewigkeiten, und sie hat noch nie einen Mann heimlich so angesehen wie dich. Vermassle es nicht oder ich breche dir alle Knochen einzeln.« Wieder diese Drohung, aber dieses Mal nehme ich sie irgendwie ernster.

»Ich kann es nicht vermasseln, solange wir sie nicht gefunden haben«, weise ich ihn wieder auf unsere Situation hin und im selben Moment erreichen wir das *Silver Wings*. Meiner Meinung nach ist der Schuppen kaum besser als das *Golden Cage*, vor allem nicht, wenn jetzt Fernandez am längeren Hebel sitzt.

»Wir sollten nicht einfach so reingehen.« West beugt sich über mich und holt eine Knarre aus dem Handschuhfach. »Ist die Karre kein Mietwagen?«, will ich von ihm wissen. Das Logo mit den silbernen Flügeln blinkt hektisch auf.

»Du musst nur die richtigen Leute kennen. Und jetzt beweg deinen Arsch aus dem Wagen.« Gemeinsam steigen wir aus, knallen die Autotüren hinter uns zu und betreten den Club. West steht genauso unter Strom wie ich, als wir den Hauptraum betreten, in dem es brechend voll ist. Doch im Vergleich zum letzten Mal, als ich hier war, ist etwas anders.

Dort, wo die Frauen damals noch Bekleidung an den Stangen trugen, sind sie jetzt splitterfasernackt. Selbst die Frau hinter dem Tresen trägt nur Nippel-Quasten.

»Der Laden hat mir besser gefallen, als du noch der Kopf dahinter warst«, murmle ich, und West scheint ebenso abgeneigt von der Entwicklung zu sein. »Geht mir genauso. Komm mit.« Wir gehen durch die Tür hinter der Bar in den separaten Bereich und sofort ist der Lärm des Clubs in den Hintergrund geraten. Keine Musik mehr, kein Getuschel.

»Wenn er sie hier haben sollte, gibt es nur einen Ort, an dem es auf keinen Fall auffällt.« Ich trotte West hinterher, der über den Flur rennt, die Tür zum Hof aufstößt und an dem großen Brunnen in der Mitte vorbeirennt. Anschließend kommen wir an einem kleinen Gebäude an, dessen Tür West jetzt leise aufschiebt. Eine Treppe führt ins Dunkle, und als wir schließlich ein leises Wimmern hören, sind wir beide in Alarmbereitschaft.

Die nächsten Sekunden ziehen wie in einem Film an mir vorbei. Wir rennen die Treppe herunter, und als wir Ivory und Liana am Boden an der gegenüberliegenden Wand des Kellers entdecken, setzen sich zwei Gefühle in mir fest.

Als Erstes überkommt mich Erleichterung, weil sie am Leben sind. Und auf die Erleichterung folgt Wut. Wir stehen mitten im Raum, ein Stuhl ist vor den beiden

Frauen positioniert, und dann werden wir von einem Glucksen unterbrochen. »Ihr habt es tatsächlich geschafft, uns zu finden. Soviel Grips hätte ich euch nicht zugetraut.« Wir drehen uns beide nach links um und entdecken in der Dunkelheit Tristan. Ich bin ihm erst drei- oder viermal über den Weg gelaufen, aber diese Male haben gereicht, um mir seine hässliche Visage einzuprägen.

»Tristan«, knurrt West und man sieht ihm an, dass er kurz vor der Explosion steht. Und dieses Mal würde ich ihn zu gerne explodieren lassen. »Wie ist das möglich?«, setzt er noch hinterher. Während West auf Tristan zugeht wie ein Raubtier, falle ich vor Ivory und Liana auf die Knie, um ihre Seile mit meinem Messer durchzuschneiden.

Dankbar fällt Liana mir um den Hals, und ich vergrabe das Gesicht in ihrem Haar. Einen Moment halte ich sie einfach nur, und spüre dabei Dinge in mir, die ich seit Ewigkeiten nicht mehr in mir gespürt habe. Ivory will West zurückhalten, aber ich ziehe sie an mich und sage ihr, dass sie ihn machen lassen muss.

»Sagen wir so …« Tristan knöpft sein Hemd auf und präsentiert uns voller Stolz die Narbe des Einschusslochs. »Deine kleine Hure hat nicht mein Herz getroffen. Nächstes Mal solltest du wirklich präziser sein, Cotrell. Hast du gar nichts von mir gelernt? In all den Jahren?« Gott, der Kerl muss Nerven aus Draht haben. Ich stelle mich vor Ivory und Liana, damit sie geschützt sind. »Aber noch mal zum Wichtigsten. Woher wusstest du, dass ich hier bin?« Tristans Lachen vergeht ihm nicht, auch dann nicht, als West seine Knarre heraushólt und genüsslich in der Hand hält. Ich geselle mich zu ihm und sehe den Waschlappen vor mir genauer an. Die Narben in seinem Gesicht haben mich schon damals fast kotzen lassen.

»Deine kleine Schlampe hat sich verraten. Du solltest aufpassen, wem du vertraust«, antworte ich für West. Tristans Blick wandert zwischen uns beiden hin und her.

»Kein Wunder, dass ihr verwandt seid. Immerhin steht ihr beide auf abgelatschte Huren.« Und wie jedes Mal seit Tagen, wenn jemand Liana so nennt, brennen bei mir die Sicherungen durch.

Ich schnappe mir die Waffe von West, ziele auf Tristans linkes Knie und drücke, ohne mit der Wimper zu zucken, ab. Sofort geht er zu Boden und jault vor Schmerzen auf. Dennoch lässt er es sich nicht nehmen, Sekunden später wieder zu lachen.

»Vielleicht hast du ja mehr Glück hierbei.« Ich bedeute West, dass er zu Ivory gehen soll, was er dankbar annimmt. Im Hintergrund kann ich ihr Schluchzen hören und das erleichterte Aufatmen von West. Während ich weiterhin mit der Knarre vor diesem Pisser stehe und überlege, was ich als Nächstes tun soll.

»Was meinst du … soll jetzt das nächste Knie dran sein? Oder doch lieber die Leber?« Ich ziele erst auf sein unversehrtes Knie, dann auf seinen Bauch. Weil er keine Antwort gibt, gehe ich vor ihm in die Hocke und fuchtle mit der Waffe vor seinem Gesicht herum. Ziele erst auf sein rechtes, dann auf sein linkes Auge. Erst auf das mickrige Hirn in seinem Schädel, dann auf sein Herz.

»Was genau war dein Plan? Ich würde zu gern wissen, was in diesem unschönen Kopf vor sich geht. Warum den eigenen Laden abfackeln lassen?« Schon seit wir Fernandez zurückgelassen haben, stelle ich mir diese Frage.

Ich hasse es, wenn ich im Dunkeln tappe. West flüstert den Frauen zu, dass sie sich im Hintergrund halten sollen, und kommt dann wieder zu mir, um mir bei meinem Verhör Gesellschaft zu leisten. Und das erste Mal fühlt es sich an, als würden wir im selben Team kämpfen. Als würden wir uns nicht verabscheuen, sondern einfach Brüder sein.

»Das *Silver Wings* lief schon immer besser. Und das, obwohl ich es war, der dich groß gemacht hat«, knurrt er West an, der jetzt nur mit gerunzelter Stirn neben mir steht, während ich immer noch am Boden hocke. Während sie sich unterhalten, wandert die Knarre von seinem Hals hinunter zu seinem Sack, was sofort für Panik in seinen Augen sorgt.

»Du hättest ihn dir einfach nehmen können, als ich weg war. Wieso erst jetzt?« Gute Frage, Bruder! Tristan verlagert sein Gewicht auf das gesunde Knie und zuckt unter Schmerzen zusammen.

»Es gab einige *Komplikationen*.« Gott, kann der Kerl aufhören, in Rätseln zu reden? Aus Langeweile fahre ich mein Spiel fort und wandere mit dem Lauf der Knarre zu seinem Knöchel und anschließend an die Stelle, an der sein Zwerchfell sitzt. *Ein Schuss und du würdest innerlich verbluten, du Schwein. Hat dir niemand gesagt, dass ich Spiele liebe?*

»Die Summe, die ich von Fernandez' Versicherung bekomme, weil er für den Brand verantwortlich ist, wird sich auszahlen.« Und langsam aber sicher ergeben die einzelnen Brotkrumen einen Sinn.

»Du hast Geldprobleme? Echt jetzt?« Ich kann nicht anders, als laut loszulachen. Ich habe selten etwas Erbärmlicheres als diesen Typen gesehen. Er antwortet nicht, aber sein Blick genügt ohnehin als Antwort. West mustert ihn ganz genau, und ich weiß, was in seinem Kopf vorgeht. Welcher Film gerade vor ihm abläuft.

»Was meinst du, Bruderherz? Wollen wir ein bisschen spielen?« Wir sehen einander an, mit diesen Augen, die uns definitiv zu Geschwistern machen, und dann entfaltet sich ein Grinsen auf seinen Lippen. »Fuck, ja, du kannst ja richtig rebellisch sein, Superdaddy!« Ich klopfe ihm auf die Schulter und lasse ihm den Vortritt. West baut sich vor dem Schlückchen

Elend am Boden auf, nimmt die Knarre in die Hand und donnert sie Tristan vor den Kopf. Sofort platzt seine Haut auf und sein wertloses Blut tropft herunter.

»Das ist dafür, was du Ivory angetan hast.« Er schlägt noch einmal zu, an dieselbe Stelle, sodass Tristans Augen sich verdrehen. Ich halte West zurück. »Lass mir auch meinen Spaß.« Mit diesen Worten mache ich mir Platz, hole aus und trete dem Penner direkt in die Rippen, sodass er sich vor Schmerzen krümmt und fast zur Seite kippt.

»Das ist dafür, was du meinem Bruder angetan hast.« Wieder hole ich aus und donnere ihm mein Knie ins Gesicht. Sofort verlässt eine Mischung aus Blut und Speichel seinen Mund. Und doch lässt er es sich nicht nehmen, noch einmal zu lachen und mir seine roten Zähne zu zeigen.

»Und das dafür, was du meinem Mädchen angetan hast.« Die Worte kommen so leichtfertig über meine Lippen, dass ich sie nicht stoppen kann. Meinem Mädchen? Seit wann bezeichne ich *sie* als mein Mädchen? Generell jemanden als mein Eigentum? Und doch denke ich nicht daran, meine Worte zurückzunehmen. Jemand tätschelt meine Schulter, und als ich mich umdrehe, steht Liana hinter mir. Ihre Augen sind blutunterlaufen, ihre Schminke ist verschmiert und sie ist blasser als sonst. Und trotzdem macht mein Herz einen Satz, als ich sie ansehe.

»Darf ich auch?«, will sie mit entschlossener Stimme wissen. Ich trete zur Seite und lasse ihr freie Bahn. Liana geht auf Tristan zu, kniet sich vor ihm hin und legt den Kopf schief, um ihn anzusehen.

»Rache ist ein mächtiges Gefühl, nicht wahr?« Ihre liebliche Stimme hallt durch den Raum und im nächsten Moment donnert sie ihm ihre Faust ins Gesicht. Oh, Fuck. Und in diesem Moment wird mir klar, dass ich meine Worte ernst gemeint habe. Sie ist so was von mein Mädchen. Erleichtert steht sie auf und stellt sich zu mir, und gerade als ich mit West besprechen will, wie es weitergehen soll, taucht Ivory auf. Im Vergleich zu Liana ist sie noch etwas neben der Spur. Und wer kann es ihr verübeln? Sie muss panische Angst um ihre Kinder gehabt haben.

»Baby, du musst nicht …«

»Doch, lass mich«, unterbricht sie West. Anschließend nimmt sie ihm die Waffe ab und zielt damit auf ihn. »Du wolltest immer, dass wir eine Familie sind?« Ihre Hand zittert mit der Waffe in sich. »Du bist krank! Und jetzt wirst du für alles, was du uns angetan hast, endgültig in der Hölle schmoren!« Sie entsichert die Waffe und will schießen, als West sich hinter sie stellt und sie davon abhalten will. Seine Hände wandern zur Knarre, die er langsam umgreift.

»Nicht, Ivory. Das ist er nicht wert«, will er sie beruhigen, aber die Entschlossenheit in ihrem Blick bleibt. »Wieso? Er muss dafür bezahlen.« Ich bin derselben Meinung wie sie, bin aber nicht in der Position, das zu entscheiden. West steht direkt hinter ihr. »Ich habe genug in der Hand, um ihn hinter Gitter zu bringen. Vertrau mir, Baby. Wenn du jetzt abdrückst, wird es dich dein Leben lang verfolgen.« In diesem Moment stellt sich auch Liana zu Ivory und tätschelt ihre Schulter.

»West hat recht … es ist Monate her und ich träume immer noch davon.« Mehr als einmal habe ich sie in ihrem Zimmer schreien hören.

Aber ich habe mich nie verantwortlich dafür gefühlt, ihr zu helfen. Etwas, das ich jetzt anders sehe. West drückt Ivorys Hände gemeinsam mit der Knarre nach unten und sofort fällt eine unsagbare Last von ihren Schultern.

»Wir sind jetzt Eltern. Und alles, was zählt, ist, dass wir für sie da sind. Er wird seine Strafe bekommen.« Ihr Blick wandert zu Liana und mir, und als wir beide bestärkend nicken, gibt sie nach. Sie lässt die Knarre in Wests Hand gleiten und atmet tief durch.

»Aber dann lasst mich wenigstens noch das hier tun …« Sie geht einen Schritt auf Tristan zu, der kaum noch ansprechbar ist. Unter seinem Bein hat sich eine große Blutlache gebildet. Ivory holt ebenso wie ich mit dem Fuß aus und donnert ihn Tristan ins Gesicht. Seine Visage schleudert zur Seite, wobei das Blut gegen die Wand spritzt.

»Viel Spaß in der Hölle, Arschloch.«

LIANA

Ich bin immer noch voller Adrenalin, als wir zurück in Kyles Haus sind. Nachdem die Polizei Tristan abgeführt hat, ist sofort ein Teil der Anspannung von uns abgefallen.

Jetzt sitzen wir gemeinsam im Wohnzimmer, Ivory und ich sind unter eine Decke gekuschelt und Kyle und West bewachen die Tür. Wir reden nicht. Nicht, weil es nichts zu sagen gäbe, sondern weil jeder von uns das Geschehene erst einmal verarbeiten muss. Und wir haben uns für den stillen Weg entschieden.

Ivory und ich sitzen kerzengerade auf dem Sofa, als es an der Tür klingelt, und auch die Männer sind wieder in Alarmbereitschaft.

Letztendlich ist es Kyle, der seine Position verlässt, als es ein zweites Mal ungeduldig klingelt. Er öffnet die Tür und sofort ertönt das Klackern hoher Absätze. »Nächstes Mal bitte schneller, die Kinder sind verdammt schwer!« Roxana betritt den Wohnbereich,

202

die Schale mit den Zwillingen hält sie mit beiden Händen fest. Sie stellt die Kinder am Boden ab und Sekunden später ist Ivory bereits mit West bei ihnen. Jeder nimmt eines der Kinder auf den Arm und drückt es fest an sich.

»Hey, mein Schatz.« Ivory küsst den noch fast kahlen Kopf ihres Babys und schließt die Augen. »Alles ist gut, Mommy und Daddy sind bei euch.«

»Eins sag ich euch: Wenn ihr das nächste Mal auf die Idee kommt, schwanger zu werden, entscheidet euch doch bitte nur für eins!« Roxana stemmt die Hände in die Hüften, nachdem sie sich den Schweiß von der Stirn gewischt hat. Wie immer ist sie mehr als sexy gekleidet. »Die zwei zu hüten, war anstrengender als die Rushhour im Club!« Kyle und ich tauschen flüchtig Blicke aus, aber seit wir den Club verlassen haben, haben wir kaum ein Wort zueinander gesagt. Er hat mich im Auto gehalten. Aber mehr nicht … Und ich habe absolut keine Ahnung, wo wir jetzt stehen. Nur eines steht fest: Ich sehe ihn seit diesem Abend definitiv mit anderen Augen als zuvor.

Nicht, weil er mein Retter in der Not war (zum zweiten Mal). Sondern wegen dem, was er zu Tristan gesagt hat. Bis jetzt hatten wir noch keine Möglichkeit, unter vier Augen zu reden, aber das müssen wir dringend nachholen.

»Danke, Roxana.« West wirft ihr einen vielsagenden Blick zu und auch Ivory nimmt sie in die Arme, als sie

Kind Nummer eins wieder in die Schale gelegt hat. Die beiden waren im *Silver Wings* nie die besten Freundinnen, aber auf Roxana ist immer Verlass gewesen. Etwas, das sie jetzt wieder unter Beweis gestellt hat. Sie winkt nur mit der Hand ab.

»Schon okay, Leute. Aber nächstes Mal machst du dich nicht einfach klammheimlich aus dem Staub, verstanden?« Ihre Blicke gelten jetzt West, der nur dankbar nickt. Während alle irgendwie beschäftigt sind, versuche ich, Kyles Blicke zu deuten, mit denen er Löcher in den Boden starrt, aber ich habe keine Chance. Ich kenne ihn einfach zu wenig, um zu wissen, was in seinem hübschen Kopf vorgeht. Ein Kopf, der in meinen Augen von Sekunde zu Sekunde schöner wird. Gott, was ist bloß los mit mir?

Ich klinge wie ein verknallter Teenie. Und ich kann nur hoffen, dass ich nur so klinge. Erst jetzt scheint Roxana mich auf dem Sofa zu entdecken, sie grinst mich breit an.

»Wann kommst du wieder arbeiten? Ich schaffe es nicht lange, deine Kunden bei der Stange zu halten.« Die Ironie dieses Satzes ignoriere ich gekonnt. »Ich weiß, ehrlich gesagt, nicht, ob ich noch wiederkomme.«

Bei meiner Antwort entgleiten ihr die Gesichtszüge und das erste Mal, seit wir zurück sind, sieht Kyle mich ganz bewusst an. Als würde er in meinem Gesicht ablesen wollen, wie ernst mir das alles ist.

Allein der Gedanke daran, wieder in der Nähe des Ladens zu sein, jagt mir eine Heidenangst ein. Ich weiß, dass ich kaum etwas anderes kann, aber ich bin mir sicher, dass ich nicht mehr in diesem Milieu arbeiten will. Nicht nach allem, was in den letzten Tagen passiert ist und welche Ängste ich durchleben musste. Der Wunsch, woanders neu anzufangen, wird immer mächtiger. Aber wohin ohne Geld und ohne Bleibe? Viel Auswahl werde ich nicht haben.

»Der Boss wird darüber nicht sehr froh sein«, murmelt Roxana, aber ich gehe nicht weiter drauf ein. Stattdessen entschuldige ich mich, stehe auf und mache mich auf den Weg ins Bad. Alles, was ich im Moment brauche, ist ein Ort, an dem ich meine Gedanken sammeln kann.

Sobald ich im Bad bin und vor dem Waschbecken stehe, drehe ich den Wasserhahn auf und erfrische mein Gesicht.

Spüle den Schweiß und die damit verbundenen Erinnerungen von mir ab. Dabei fühlt es sich dank des Rauschens des Wassers an, als wäre ich ganz woanders. Irgendwo unter einem Wasserfall in Südamerika. Mit geschlossenen Augen lasse ich mich kurz von diesem Gefühl einnehmen, bis ich das Klicken der Tür höre, die ins Schloss fällt. Habe ich vergessen, abzuschließen?

Ich schalte das Wasser aus, trockne mein Gesicht ab und sehe mich um. Kyle steht neben der Tür gegen die Fliesen gelehnt und sieht mich starr an. Sein Blick schreit weder: Komm in meine Arme noch: Verpiss dich. Er sieht mich einfach nur an, und ich hasse es, diese Blicke nicht deuten zu können.

»Was ist?«, frage ich also plump. Kyle streicht sich ein paar der Haare zur Seite, die sich in seine Stirn verirrt haben und sieht mich weiter unbeirrt an. »Okay, jetzt machst du mir aber wirklich Angst. Was ist denn los?« Das Handtuch, mit dem ich mein Gesicht getrocknet habe, hänge ich über das Waschbecken und gehe auf ihn zu.

»Ich muss mich bei dir entschuldigen.« Okay? Merkwürdiger geht es wirklich nicht. Kyle hat sich selbst dann nicht bei mir entschuldigt, als er mich wie eine Aussätzige behandelt hat.

»Wofür?« Uns trennen wenige Zentimeter voneinander und doch ist mir die Distanz viel zu groß. Schon seit wir in den Wagen gestiegen sind, sehne ich mich nach ihm. Sehne mich nach seinem Körper, dicht an meinem. Seinen Lippen auf meinen.

»Ich hätte dich am Flughafen anders behandeln müssen. Vielleicht hätte ich verhindern können, dass dieses Arschloch dich kidnappen lässt.« Seine Kiefer mahlen aufeinander und langsam aber sicher bekommt das Bild Farbe. Ich schüttle nur den Kopf.

»Du warst nicht schuld daran, Kyle.«

»Aber ich hätte es verhindern müssen … es verhindern können.« Er schließt die Augen, seine langen Wimpern werfen Schatten auf seine Wangen. Verdammt, er ist eindeutig zu schön für mich.

»Und danach habe ich dich zu unrecht falsch behandelt.« Ich stemme die Hände in die Hüften und warte, bis er kurze Zeit später die Augen wieder öffnet und mich ansieht.

»Da muss ich dir recht geben. Ich habe dir nie etwas getan.« Vermutlich waren wir beide wie Feuer und Eis. Zwei Gegensätze, die zusammen kaum funktionieren können. Ich war das Feuer, er das Eis.

»Keine Ahnung, was das sollte. Vermutlich hätte ich es unter anderen Umständen anders gemacht. Aber allein die Tatsache, dass West mir diesen Auftrag gegeben und mich erpresst hat ... ich habe meine Wut auf ihn an dir ausgelassen und das tut mir leid.«

Es ist seltsam, ihn so handzahm zu erleben. Trotzdem könnte ich mich fast an den Gedanken gewöhnen, dass es immer so zwischen uns ist. Aber nur fast ... gerade die Männer, die einem nicht aus der Hand fressen, reizen mich.

»Ich verzeihe dir, weil du mich gerettet hast. Zweimal.« Weil seine Miene immer noch nicht aufklart, zwicke ich ihm in die Seite, und ehe ich michs versehe, liege ich in seinen Armen.

Seine Hand stützt meinen unteren Rücken, die andere liegt an meinem abgekühlten Gesicht, das jetzt wieder heiß wird.

Die Nähe seines Körpers lässt mich kaum klar denken, und als er mit dem Daumen über meine Haut streicht, brennen alle Synapsen durch. Seine Worte von vorhin kommen mir wieder in den Sinn. Und wieder werden meine Knie dabei weich wie Butter.

»Du hast gesagt, dass ich dein Mädchen bin«, flüstere ich von meinen Gefühlen übermannt. In seinen grauen Augen flackert etwas auf, das ich nicht wirklich zuordnen kann. Aber dieser kleine Funken gefällt mir eindeutig zu gut. Im Prinzip gefällt mir an diesem Mann alles. Von den Haaren bis zu seinen Fingerspitzen, die sanft die nackte Haut an meinem Rücken streicheln.

»Und?«, fragt er und zieht einen Mundwinkel neckisch nach oben.

»Stimmte das? Oder warst du einfach so durcheinander?« Meine Angst, er könnte mich wieder von sich stoßen, wird übermächtig. Umso erleichterter bin ich, als er den Kopf schüttelt. Sein Mund wandert zu meinem Ohr und ich erschaudere am ganzen Körper.

»Ich bin vielleicht ein Arschloch, Kätzchen. Aber kein Lügner.« Seine Worte versetzen mich in Sphären, die ich schon seit Jahren nicht mehr gespürt habe. Und ganz allmählich beginne ich, zu realisieren, dass ich mich gerade verliebe.

Ich. Mich! Ich wüsste nicht, wann ich das letzte Mal ähnlich für jemanden empfunden habe. Meine Atmung geht schneller, und ehe ich etwas erwidern kann, klammere ich mich schon an ihn. Meine Nägel krallen sich in seinen Nacken und ich springe an ihm hoch und lege meine Beine um seine Hüften. Seine Hose sitzt tief, und als sein Shirt hochrutscht, kann ich dieses unfassbar attraktive V fühlen, das in seinen Shorts endet.

»Die Antwort gefällt mir«, murmelt er, legt seine Lippen auf meine und küsst mich. Ungestüm. Völlig kopflos. Und auch wenn ich sonst jemand bin, der sein Herz vor anderen Menschen schützen will, lege ich es offen für ihn hin.

Lasse meine Mauern fallen und erlaube diesem eigentlich Fremden, sich in mein Herz zu schleichen. Meine Gedanken rotieren immer schneller, und als ich seine Erektion an meinem Körper spüre, seufze ich in seine Mundhöhle. Ich will alles an ihm spüren, will einfach nur für diesen Moment vergessen, was in den letzten Stunden passiert ist. Kyle löst sich von mir und sieht mich grinsend an.

»Ich kann dich denken hören. Du denkst zu viel.« Seine spitzen Eckzähne blitzen mich an und dieses Lachen setzt mich eindeutig schachmatt. Ich streiche ihm die Haare aus der Stirn und versuche, die Worte zu ordnen, die ich sagen will.

»Wie kann es sein, dass ich das Gefühl habe, dich seit Ewigkeiten zu kennen. Ich weiß nicht mal, was deine Lieblingsfarbe ist.« Oh Gott, ist das mein Ernst? Der vermutlich heißeste Kerl New Yorks hält mich und ich will wissen, was seine Lieblingsfarbe ist? Kyle wandert mit seinen Lippen zu meinem Hals und beißt sanft hinein.

»Braun«, antwortet er schließlich und ich verspüre das Bedürfnis, ihn so viel mehr zu fragen. »Lieblingsjahreszeit?«, frage ich atemlos. Wieder beißt er in meine Haut. »Winter.« Ich lege den Kopf in den Nacken und spüre, wie sich die Welt um mich herum zu schnell dreht. Die Fugen verschmelzen mit den Fliesen und ich verschmelze mit ihm.

»Lieblingsessen?« Ich will mir eine reinhauen, weil ich nicht aufhören kann, Small Talk mit ihm zu betreiben. Aber ich will einfach alles von ihm wissen. Von dem Mann, der mich gerettet hat.

Zweimal.

»Ist das dein Ernst?« Sein Lachen vibriert an meinem Hals, und als er erneut zubeißt, stöhne ich heiser auf. »Frag mich lieber, was ich in diesem Moment machen will«, drängt er mich. Seine Hände stützen meinen Po und seine Berührungen bringen mich um den Verstand. Als ich von ihm nach unten gleite, hält er mich nicht auf. Ich greife ihn am Kragen seines Shirts, bugsiere ihn zum Rand der Badewanne und setze ihn darauf ab. Sein Blick verdunkelt sich, als ich mir die Bluse langsam aufknöpfe.

»Also, Kyle …« Meine Stimme gleicht dem Schnurren eines Kätzchens. Seinem Spitznamen für mich. »Was willst du in diesem Moment?« Knopf für

Knopf öffne ich mein Oberteil, doch ehe ich es ausziehe, warte ich seine Antwort ab. »Dass du weitermachst«, raunt er und das Verlangen in seinem Blick treibt mich nur noch mehr an.

Sekunden später fällt die Bluse zu Boden. Es dauert nicht lange, bis der BH folgt und ich mir die Hose abstreife. Als ich nur noch meinen Slip trage, hält es Kyle kaum noch auf dem Rand der Badewanne.

»Und jetzt?« Ich tue möglichst unschuldig, dabei weiß ich ganz genau, was ich hier tue. Mit dem Unterschied, dass ich es dieses Mal nicht des Geldes wegen mache.

Kyle streckt seine Arme nach mir aus und ich lasse mich nur allzu gern von ihm zu sich ziehen. Dann sitze ich halb nackt auf seinem Schoß, spüre seine Härte an meiner pochenden Mitte und genieße seine Nähe. Genieße die Blicke, mit denen er mich mustert. Und das Gefühl seiner Finger, die sich jetzt in mein Haar krallen.

»Jetzt bekommst du das Happy End, das du nach diesem Tag verdient hast.« Und dann blende ich alles um mich herum aus. Blende aus, dass Ivory und West im Wohnzimmer auf uns warten. Dass wir nach dem Erlebten eben gerade nicht so intim sein sollten, weil wir unter Schock stehen müssten. Stattdessen genieße ich einfach nur. Genieße seine Nähe. Seinen Duft. Das Raunen, als er in mich eindringt. Ich genieße es, mich das erste Mal seit Jahren wieder zu verlieben.

KYLE

Als wir einige Zeit später verschwitzt das Bad verlassen, warten West und Ivory schon ungeduldig im Wohnzimmer auf uns. Dass sie wissen, was wir getan haben, sieht man an Ivorys verschmitztem Grinsen. West hingegen bedenkt mich wie immer mit Blicken, die mich töten könnten.

Liana muss ihm echt wichtig sein, wenn er ihretwegen zum Wachhund wird. Und auch wenn mich seine Anfeindung nervt, bin ich froh über seine Fürsorge. Ohne ihn würde Liana immer noch im *Golden Cage* feststecken und die Hölle durchleben.

»Na, endlich fertig?« Ivorys Frage lässt Liana erröten. Fuck, ich wusste nicht mal, dass sie sich überhaupt für etwas schämen kann. Aber anscheinend bringe ich Seiten an ihr zum Vorschein, die sie selbst nicht kennt. Eine Tatsache, die ich mehr genieße, als ich sollte. Weil ich es gut finde, sie derart in der Hand zu haben.

»Mit der ersten Runde, ja«, antworte ich, weil die Frau neben mir scheinbar kein Wort über die Lippen bekommt. Ich mag ihre kratzbürstige Art, aber es ist auch schön, zu sehen, dass ich sie zum Schweigen bringen kann. Genug Methoden dafür fallen mir auf jeden Fall ein.

»Wir müssen mit euch reden.« West stellt sich hinter Ivory und knetet ihren Nacken, die wohlig seufzt und auf den freien Platz neben sich klopft. Liana und ich tauschen einen kurzen Blick aus, bevor sie sich setzt. Ich bleibe an Ort und Stelle stehen und höre mir an, was sie zu sagen haben. Entweder wollen sie uns beichten, dass sie es auf meinem Sofa getrieben haben, während wir im Bad zugange waren, oder sie wollen uns gestehen, dass sie Baby Nummer drei erwarten.

»Was gibt es?« Kaum einem von uns merkt man im Moment an, was wir durchgemacht haben. Das Leben in New York stumpft einen ab. Der Abend hätte andere Menschen in die Knie gezwungen, aber nicht uns. Ich habe schon Schlimmeres erlebt, genau wie West. Ivory kenne ich nicht gut genug, aber ich weiß, dass Tristan ihr schon als Kind das Leben zur Hölle gemacht hat. Und Liana? Liana ist für mich immer noch ein unbeschriebenes Blatt, das ich unbedingt ausfüllen will. Normalerweise sehe ich Frauen nur als Trophäen an, aber dieses Mal fühlt es sich anders an. Anders und zur selben Zeit aufregend.

213

»Wir haben nachgedacht«, beginnt Ivory. Ich ziehe die Brauen hoch und warte, bis sie etwas mehr preisgibt. »Was haltet ihr davon, wenn ihr mitkommt?« West und Ivory sehen einander an, während ich mich verhört haben muss.

»Wie bitte?«, fragen Liana und ich im Chor. Sie ist genauso verwirrt wie ich, weil die beiden in Rätseln sprechen, die wir nicht verstehen. »Na ja … wie wäre es, wenn ihr mit nach Kanada kommt?«, drückt West die Frage etwas präziser aus.

Sofort sitzt Liana kerzengrade auf dem Sofa und schnappt nach Luft. Ihr Haar ist von unserer Aktion im Bad immer noch total verwüstet, ein Look, der mich kaum klar denken lässt. Es verlangt mir alles ab, hier so brav neben ihr zu stehen, anstatt sie wieder auf dem Tisch zu nehmen.

»Das ist nicht euer Ernst, oder?« Ich beobachte grinsend, wie Liana ein zweites Mal die Fassung verliert. Anscheinend ist sie von dem Vorschlag alles andere als begeistert und ich weiß auch noch nicht, was ich davon halten soll.

»Ich meine … Kanada! Eher lasse ich mich begraben.« Hysterisch lacht sie, aber Ivory und West scheinen das Ganze ernster zu meinen als vermutet. Ivory nimmt ihre Hand und sieht sie durchdringend an.

»Komm schon, Süße. Denk drüber nach. Du hast doch gesehen, wie dieser Abend gelaufen ist. Das hier ist New York! Solange ihr hierbleibt, werdet ihr immer in dem Sumpf bleiben. Es war die beste Entscheidung unseres Lebens, das hier hinter uns zu lassen. Außerdem vermisse ich dich.« West massiert weiter den Rücken seiner Auserwählten, während seine Augen an mir haften.

»Und du? Du hasst deinen Job. Du hasst es, für diesen Idioten den Chauffeur zu spielen. Was hält euch hier?« Als ich genau über seine Frage nachdenke, fällt mir keine passende Antwort ein. Was hält mich hier? Er hat recht: Ich hasse meinen Job, ich hasse die Stadt. Und ich hasse Abende wie diese. Dennoch stehe ich wie versteinert vor den dreien und weiß nicht, was ich von ihrer Idee halten soll.

»Ich weiß nicht«, murmelt Liana, und wieder suchen ihre Augen meine. Wir sehen einander an, und sie muss die Frage nicht mal aussprechen, damit ich sie verstehe. Sie fragt mich still, was ich von dieser Idee halte.

Doch mehr als ein Schulterzucken kriege ich nicht zustande. Unsere Blicke verkeilen sich ineinander und dann gibt es nur noch uns zwei und diese Entscheidung, die zwischen uns steht. Sie ist immer noch wie eine Fremde für mich und doch ist es mir wichtig, was sie davon hält.

Was ist nur los mit mir? Ich habe mich immer einen Dreck darum geschert, was andere wollten. Schließlich ist das hier mein Leben! Und doch versuche ich, in ihren Augen zu lesen wie in einem Buch. Etwas in ihnen sagt mir, dass sie das will. Dass sie das Angebot der beiden annehmen will und nur noch auf mein Okay wartet. »Mich hält hier nichts.« Meine Antwort lässt sie erst erstarren, doch dann wandern ihre Mundwinkel nach oben. Fuck, das hier ist mit Abstand der seltsamste Abend, den ich seit Langem hatte.

Vor einer Woche bestand mein Leben noch daraus, für meinen Boss Leute von A nach B zu kutschieren und mich um Lizas Alkoholexzesse zu kümmern. Und jetzt stehe ich so kurz davor, mit einer Fremden und meinem verhassten Bruder auszuwandern. Mittlerweile bin ich mir sicher, dass ich die Knarre gegen den Schädel bekommen habe und nicht Tristan. Es ist, als wäre ich nicht mehr Herr meiner eigenen Sinne.

»Mich auch nicht«, pflichtet Liana mir bei.

»Na dann wäre doch alles geklärt. Ihr könnt natürlich bei uns wohnen, bis ihr was Eigenes habt.« Ivory ist Feuer und Flamme, und selbst mein Bruder schafft es, sich ein Lächeln abzuringen. Wann hat er mich das letzte Mal angelächelt? Noch nie!

»Fuck, ziehen wir das echt durch?« Meine Frage gilt mir selbst, aber als alle drei im Einklang mit Ja antworten, kann ich nichts anderes tun, als den Kopf zu schütteln. Was für eine verrückte Welt. West geht zur Küche und holt eine Flasche Wein aus dem Kühlschrank. Bewaffnet mit vier Gläsern, kommt er zurück zu uns und reicht jedem eines, das er mit der roten Flüssigkeit füllt.

216

»Auf ein neues Leben«, sagt Ivory. Sie scheint euphorischer zu sein als wir, und das, obwohl sich unser Leben gerade um einhundertachtzig Grad dreht, nicht ihres. Lianas Blick kreuzt wieder meinen.

Ihre Wangen sind immer noch rosa, ihre Lippen zu einem Lächeln gekräuselt. Ich schließe die Augen und versuche, zu realisieren, was hier gerade passiert. Aber egal, wie lange ich darüber nachdenke … das hier ist viel zu verrückt, um es zu kapieren.

***

Zwei Tage später hat sich unser Beschluss, ihr Angebot anzunehmen, gefestigt. Die Flüge sind für abends gebucht und gemeinsam mit Liana stehe ich in meinem Schlafzimmer und packe die Sachen. Der Fernseher lauft im Hintergrund, während sie Kleidung aus dem Schrank holt und mir herüberwirft, damit ich sie unordentlich hineinstopfen kann.

»Ziehen wir das wirklich durch?« Auch wenn der Entschluss feststeht, kann ich es immer noch nicht ganz glauben. Liana lässt von den Sachen ab und kommt auf mich zu. Die letzten achtundvierzig Stunden haben wir zu neunzig Prozent im Bett verbracht. Nackt. Und ich kann nicht genug von diesem Biest bekommen. Keine Ahnung, was das zwischen uns ist, aber es gefällt mir besser als gedacht.

»Anscheinend«, sagt sie unsicher. »Ist das nicht völlig verrückt? Ich meine … wir kennen uns doch gar nicht! Ich weiß nur, dass Braun deine Lieblingsfarbe ist.« In ihren Augen flackert das Abenteuer regelrecht auf. Ich ziehe sie an mich und vergrabe mein Gesicht an ihrem Hals. Sofort wird sie in meinen Armen zu Wachs.

»Viel mehr gibt es nicht zu wissen«, murmle ich an ihrem Hals und zwicke die empfindliche Haut unter ihren Ohren. Quietschend presst sie sich dichter an mich. »Ich bin mir sicher, dass du noch einige Geheimnisse hast. Und ich werde sie herausfinden«, droht sie mir.

Ich will sie gerade küssen, als uns der Fernseher ablenkt. Wir starren auf den Bildschirm und Liana erschaudert in meinen Armen, als sie Tristan in den Nachrichten sieht, wie er abgeführt wird.

West hatte recht: Es gibt genug Dreck an seinen Sohlen, dass er für eine lange Zeit hinter Gittern landen wird. Neben seinem Menschen- und Drogenhandel werden ihm mehrere Fälle wegen sexuellem Missbrauch vorgeworfen, unter anderem an mehreren Minderjährigen.

»Ich hasse ihn«, knurrt Liana und zittert immer noch in meinen Armen. Ich ziehe sie enger an mich und gebe ihr Halt. »Jetzt ist es vorbei.« Sie wendet den Blick von den Nachrichten ab und sieht mich an. Anschließend stellt sie sich auf die nackten Zehenspitzen und drängt mich so weit nach hinten, dass ich mich aufs Bett fallen lasse. Ein Schmerz durchzuckt mich, weil ich mitten auf meinem Koffer lande.

»Autsch.« Liana liegt über mir, das Material des Koffers bohrt sich in meinen Rücken. Doch anstatt sie von mir zu schieben und aufzustehen, nutze ich die Pose aus, um sie zu küssen. Sekunden später verfallen wir in einen Modus, in dem es nur noch uns gibt. Solange, bis die Tür aufgerissen wird.

»Oh Gott!« Ivory steht im Türrahmen, eins der Babys auf ihrem Arm. Sofort hält sie ihrem Sohn die Augen zu. »Sieh nicht hin, Schatz.« Mit bösen Blicken beäugt sie uns.

»Eins sollte euch klar sein, bei uns Zuhause wird es Regeln geben!« Sie verengt die Augen und wir können unser Lachen nicht unterdrücken.

»Und welche Regeln sind das?«, frage ich grinsend, was sie nur noch wütender macht. »Es gibt nur eine Regel, die über allen steht: Kein Sex vor den Zwillingen. Verstanden?« Man sieht ihr an, dass sie es todernst meint, Lianas Körper bebt vor Lachen an meinem. Und auch ich kann nicht aufhören, zu grinsen.

»Verstanden«, antworten wir synchron. Ivory nickt zufrieden, sagt uns, dass wir uns beeilen sollen, und verlässt dann das Schlafzimmer. Wir sehen einander an, als wir wieder allein sind, und unsere Blicke sprechen Bände … Wir scheißen auf jede Regel.

LIANA

Über ein Jahr später

Wie erwartet, haben wir das Versprechen innerhalb kürzester Zeit bereits gebrochen. Wir hatten Sex vor den Zwillingen. Zwar unbeabsichtigt, aber dafür massig. In den ersten Wochen fühlte es sich unwirklich an. Die Umgebung war so anders, als wir es aus New York gewohnt waren, die Menschen waren anders, selbst das Wasser aus der Leitung schmeckte seltsam. Irgendwie viel zu gut.

Mittlerweile haben wir uns soweit eingelebt, dass wir dieses Land als unser Zuhause ansehen. Kyle und ich haben nie benannt, was wir haben. Wir haben aber auch nie abgestritten, dass das mit uns ernst ist. Wir wachen jeden Morgen in dem Arm des anderen auf, und schlafen jeden Abend Seite an Seite ein.

Die Dämonen haben wir – zumindest meistens – in New York gelassen, gemeinsam mit Tristan und den Erinnerungen. Kyle hat angefangen, in einer Baufirma zu arbeiten und ich habe meine Leidenschaft für Tiere entdeckt. Seit einem halben Jahr arbeite ich in einem Park unfern von Ivory und Wests Haus.

Wer hätte jemals von mir gedacht, dass mir die Ruhe auf dem Land gefallen könnte? Früher gab es nichts Schöneres als den Lärm der Straßen und die laute Musik in einem Club.

Endlich fühlt es sich an, als wäre ich angekommen. West und Kyle haben sich mittlerweile damit angefreundet, dass sie eine Familie sind, und ich glaube sogar, dass sie ohne den anderen unvollständig wären.

Die Kinder sind wahnsinnig gewachsen und bereichern unser Leben jeden Tag aufs Neue. Es ist erstaunlich, ihnen beim Wachsen und Lernen zuzusehen. Zu sehen, wie sie mit jedem Tag die Welt mit den Augen eines Kindes erkunden.

Und das ist es, was Kanada uns zurückgegeben hat: die Unbeschwertheit, die New York uns allen genommen hat. Das erste Mal seit einer Ewigkeit fühle ich mich angekommen.

Etwas, dem wir heute noch die Krone aufsetzen wollen. Wir haben West und Ivory gebeten, im Wohnzimmer auf uns zu warten, und als wir den Raum betreten, sitzen sie da wie auf heißen Kohlen.

»Nun sagt schon! Was gibt es so Wichtiges, dass es nicht bis heute Abend warten kann?« Ivory ist nicht nur meine beste Freundin, sie ist wie die Schwester, die ich nie hatte. Sie weiß immer, was in mir vorgeht und wie sie mir die dunklen Gedanken nehmen kann, die mich hin und wieder noch einholen. Kyle packt mich bei der Hand und zieht mich bestimmend an seine Seite. Und das ist der Ort, an dem ich sein will. Egal, wo, solange er bei mir ist, fühlt sich alles wie ein Zuhause an.

»Wir haben ein Haus gefunden!«, verkündet er freudestrahlend. West und Ivory klappen die Kinnladen herunter.

»Und das Beste daran: Es ist nur zwei Straßen von hier. Wir können es uns heute Abend ansehen, und wenn wir den Kredit von der Bank bekommen, seid ihr uns los!«, quieke ich aufgeregt. Es dauert nicht lange, bis Ivory in meinen Armen liegt und auch West uns in eine enge Umarmung zieht, um uns zu beglückwünschen.

»Das sind Hammernachrichten!« Meine beste Freundin klatscht euphorisch in die Hände. »Auch wenn ich euch vermissen werde! Wer soll denn das dreckige Geschirr liegen lassen, wenn nicht ihr?« Tadelnd sieht sie uns an.

Im nächsten Moment kommt ein Wirbelwind nach dem anderen ins Wohnzimmer gerannt. Die Zwillinge klammern sich sofort an Kyle, wie jedes Mal. Sie lieben ihn fast mehr als West, weil er in ihren Augen der coole Onkel ist, der ihnen alles durchgehen lässt. Wer hätte gedacht, dass Kyle so gut mit Kindern kann? »Onkel Tyle«, sagt Max und zerrt an seiner Hose. Er spricht seinen Namen immer noch falsch aus und ich könnte ihn jedes Mal dafür umarmen. Er hat die hellblonden Haare von Ivory und die silbernen Augen von West. Sein Bruder hingegen hat dunkleres Haar.

»Was ist, kleiner Scheißer?« Kyle geht in die Hocke. »Deht es dir dut?«, fragt Max mit großen Kulleraugen. Wir tauschen Blicke aus, und zucken mit den Schultern. »Klar, Kumpel, wieso denn nicht?«

»Du hast geschrien heute Morgen«, sagt der Zwerg kichernd. Sofort schrillen bei Ivory und West die Alarmglocken. »Meint er das, was ich denke?«, will Ivory wissen und lässt die Mutti heraushängen. Kyle zuckt wieder mit den Schultern.

»Nun komm schon. Dachtest du echt, dass wir uns an die Regeln halten?« Verschmitzt grinst er sie an, was sie mit einem Kopfschütteln kommentiert. Der Knirps sieht Kyle immer noch erwartend an.

»Keine Sorge, Kumpel. Ich hab mir nur den Zeh gestoßen. Mir geht es gut.« Sofort atmet Max erleichtert auf. Als Antwort zerrt er an ihm. »Gut, dann spielen?« Immer heftiger reißt er an Kyle, der Max schließlich auf den Arm nimmt. Er wirft uns allen einen entschuldigenden Blick zu.

»Sorry, Leute, aber die Pflicht als Onkel ruft. Und keine Sorge, Ivory, bis wir das Haus haben, züchtigen wir uns!« Lügner …

***

Die Sonne scheint heute stechend, das Gras ist grüner denn je und der Wind bietet einem die perfekte Erfrischung. Ich liebe es, auf der Hollywoodschaukel zu sitzen und Kyle dabei zuzusehen, wie er mit den Zwillingen im Garten tobt. Sie spielen Fangen, schaukeln, buddeln, und ziehen das volle Programm durch.

Gerade klettert Max auf Kyles Rücken und reitet ihn wie ein Pony. Hin und wieder kreuzen sich unsere Blicke und meine Brust füllt sich mit einer angenehmen Wärme.

Das passiert jedes Mal, wenn ich ihn ansehe. Wer hätte damals gedacht, dass es so mit uns enden würde? Wir konnten aus auf den Tod nicht ausstehen und jetzt sind wir dabei, uns unser eigenes Leben aufzubauen.

»Schau mal, Tante LiLi.« Max winkt wild, während sein eher stillerer Bruder im Sand spielt. Ich winke zurück und kuschle mich ins Kissen der Schaukel. Nachdem Max von Kyle abgelassen hat und seinem Bruder Gesellschaft leistet, kommt er auf mich zu. Seine Schritte sind anmutig, und jedes Mal, wenn er auf mich zukommt, schlägt mein Herz etwas schneller. Meine Atmung flacht immer noch ab, wenn er bei mir ist und meine Nerven spielen verrückt.

»Hey.« Nur ein Wort, aber es stammt aus seinem Mund. Seine Stimme trocknet immer noch meine Kehle aus. »Selber hey«, antworte ich und mache ihm

Platz. Kyle lässt sich auf die Schaukel fallen und zieht mich auf seinen Schoß. Sofort kuschle ich mich an ihn.

»Ich hatte da gerade so eine Idee«, murmelt er in mein Haar, das vom Wind völlig zerzaust ist. Ich sehe ihn an und lege den Kopf schief. »Dann schieß mal los!« Sein Blick wandert über seine Schulter zu den Jungs, die lachend im Garten spielen.

»Ich will ein Baby.« Er bringt den Satz so ehrlich über seine Lippen, dass ich gar nicht auf die Idee komme, er könnte mich nur verarschen. Ich weiß nicht, was ich sagen soll, bin aber innerlich schon lange Feuer und Flamme für diesen Gedanken. Wir sehen einander an und die Zeit scheint stillzustehen. Weil ich nicht antworte, wird Kyle nervös und knabbert auf seiner Unterlippe, was ihn nur noch attraktiver macht.

»Nun sag schon was«, drängt er mich, und ich kann mir ein Lachen nicht verkneifen. Er meint das also wirklich ernst … Ich spanne ihn noch auf die Folter, dabei steht die Antwort schon lange fest. Ich beiße mir auf die Lippe und nicke.

»Okay?« Seine Augen werden groß und meine werden feucht.

»Okay!« Er zieht mich an sich und ehe ich ihn stoppen kann, sind seine Hände schon unter meinem Shirt. Knurrend steht er mit mir auf und trägt mich ins Wohnzimmer. Als Ivory uns so eng umschlungen entdeckt, stemmt sie die Hände in die Hüften, ein Geschirrtuch in der rechten Hand.

»Hey, ich dachte, ihr wolltet euch zügeln! Außerdem sind die Kinder allein im Garten! Gott, ihr macht mich wahnsinnig.«

Kyle sieht sie neckisch an.

»Sorry, Liebes. Aber Planänderung ... wir müssen ein Baby machen!« Sofort klappt wieder ihre Kinnlade herunter. Vor Freude? Ich kann es nicht richtig deuten. Sekunden später setzt Kyle mich am Boden ab, nur, um mich dann über seine Schulter zu werfen wie ein kleines Kind.

»Moment Mal!« Doch Ivorys Protest vergeht im Hintergrund, als Kyle mich die Treppe nach oben trägt. »Du bist verrückt, Kyle Cotrell!«, sage ich lachend, während ich immer noch über seiner Schulter hänge. Er klopft mir auf den Hintern und sein Lachen geht direkt in mein Herz.

»Verrückt nach dir, Kätzchen.«

Ende

DANKSAGUNG

Mein Dank geht wie immer an mein Team. Sarah Buhr für das perfekte Cover, Sabine Wagner für den Feinschliff der Geschichte und meinen Mädels aus den Rezi-Engeln dafür, dass sie sich immer Zeit für meine neuesten Bücher nehmen, auch wenn andere Bücher auf ihren Readern warten.
Ihr rockt.